나의 페르소나 별이

이 책은 '2023 NEW BOOK 프로젝트-협성문화재단이
당신의 책을 만들어드립니다.' 선정작입니다.

나의 페르소나 별이

옥순주

차례

10장   인생 1막의 갈무리

시작하며

몇 해 전인가, 구지원 작가님과 함께하는 글쓰기 워크숍에서 당신이 직접 찍으셨다는 야생화 사진들을 보여 주셨다. 한 장 한 장 그저 태어나려고 갖은 애를 쓰며 탄생한 꽃들의 발화를 보다가 그만 눈물이 왈칵 쏟아졌다. 깊숙한 음지에서도 피어나려고 바위를 몇 바퀴 돌고 돌아 해를 향해 고개를 빼꼼히 내밀며 그 예쁜 얼굴로 "나 여기 있어!" 하는 모습이 대견했다. 자신의 존재를 알리기 위해 얼음을 녹이며 피어난 '복수초' 따위의 꽃들… 그저 태어나고 싶어 하는 열의들…

그리고 그 야생화를 찍기 위해 산으로, 들로 무거운 카메라를 들고 바닥에 납작 엎드려서 세상을 바라보았을 지원 선생님의 시선. 그 모든 게 눈물겨웠다.

거기에서 존재함을 알리기 위해 애써 온 내가 보였기 때문이고, 누군가는 저렇게 태어나려고 애를 쓰는데 태어난 것만으로도 감사할 일이 아닌가 싶기도 했다. 존재함을 증명하기 위해 온몸으로 몸부림쳤던 나에게 그저 태어났으니 그것만으로도 충분하다고 나를 진정시켜 준, 그래서 오래도록 기억에 남는 사진들이었다.

"그럼에도 불구하고 나도 여기 이렇게 살아 있어!" 하며 나의 존재를 드러낼 수 있었던 들판은 바로 연극이었다. 연극을 하면서 나는 피어났다.

그러나 길고 긴 연극 사랑의 시간을 거쳐 지금은 연극 강사로 밥 벌어먹고 있지만, 누군가가 나에게 '연극인, 혹은 배우, 예술가인가?'라는 질문을 한다면 당당히 '그렇다!'라고 확언하기는 힘들 듯했다. 내 마음이 여기 연극 앞에, 예술 앞에 있다고 한들 언제나 가난에 허덕이는 현실 속에서 돈 버는 일이 우선이었기 때문이다.

코로나가 창궐하여 할 일 없어진 2020년에는 춘천인형극제에서 열리는 워크숍에 참석했었다.
제주 4.3 사건 이야기로 만든 영화 〈지슬〉과 세월호 이야기로 단편 영화 〈파미르〉를 만드신, 오멸 감독님의 영상 언어 워크숍이었다. 너무나 뵙고 싶었던 분이었다. 그때 감독님이 예술

가는 통증이 자격증이라고 말씀하셨다. 그 말을 듣고 얼마나 울었는지 모른다. 예술가, 그까짓 거 뭔지 모르겠지만 이만큼 아팠으면 '그래, 해도 된다!' 허락받은 느낌이었다.

'그래, 예술가! 그거 하지 뭐. 내가 겪어 온 수많은 통증을 예술 작업으로 만들어야겠다. 그것이 무엇이든 반드시 해내야겠다.'라고 결심하게 된 계기이기도 하다.

내 작가로서의 꿈은 16년부터 활동하게 된 '창작극 연구회'로부터 본격적으로 움찔하기 시작했다. 희곡이 쓰기의 출발점이었다. 〈그때 그 사람〉이란 희곡 한 편을 겨우 완결하고 낭독 공연을 했다. 이후 새로 시작한 희곡은 3장까지만 쓰인 채 묵은지가 되어 3년이 지나갔다. 다시 쓰려고 시작한 이야기에는 나의 내밀한 이야기들이 묻어서 떨어져 나가지 않았다. 1인극 〈별이 별이〉도 마찬가지다.

먼저 내 이야기를 다 써야 그다음에 남의 이야기가 써진다는 말을 따라 오롯이 내 이야기만을 다 토해 보려고 이 글을 시작한다. 마지막 장을 마치고 나면 이제 더 이상 내 안의 어린아이가 내 발목을 잡지 않기를 바란다.

1장

문을 열다

오타 쇼고 연출의 연극 〈물의 정거장〉 무대

문을 열다

조명이 들어오면, 나는 살아 있소

하고픈 이야기가

차고 차서 넘쳐흘러

무대의 조명 안고

관객에게 조잘대면

돈이 되나

밥이 나오나

손가락질 가득한

무명 배우 연극 무대

그래도 나 오늘

여기에 살아 있소

연극배우가 되겠다는 꿈

지독히도 가난했던 유년 시절을 보냈던 나는 구멍 난 신발을 들키지 않기 위해 최대한 존재하지 않는 아이인 채로 학교생활을 해야 했다. 누가 가난은 부끄러운 게 아니라 불편할 뿐이라는 개소리를 했는가? 등록금을 못 내면 서무실 앞에서 손을 들고 서 있었던, 도시락을 못 싸 와서 수돗물을 들이켜던 70년대 드라마에나 나올 법한 이야기들이 켜켜이 쌓여 있는, 온통 부끄러워 숨고 싶었던 유년 시절.

그저 죽은 듯 조용히 보냈던 4학년 4반 44번 옥순주는 담임에게 관심 밖의 인물이었다. 죽음의 4자가 4번이나 들어가서 재수 없을 거라고 놀림받던 4학년 어느 수업 시간이었다. 교과서에 '섬마을 아이들'이라는 희곡이 있었다. 거기 순이라는 등장인물이 나왔다.

내 이름이 순주라는 단순한 이유로 순이 배역이 맡겨졌다. 그 무심한 선생님이 "우와, 연기 잘하는구나! 순주는 연극배우

해야겠네."라고 했던 그 말이 오늘의 나를 이끌었다. 놀라워하는 선생님의 감탄사 하나로 숨죽여 지내 마치 존재하지 않는 듯했던 나의 존재가 만천하에 드러나 축하를 받는 기분이었다.

담임 선생님의 그 특급 칭찬은 "너도 거기 있었구나!"하고 나의 존재감을 인정해 주는 말이었다. 나를 세상에 존재한다고 알리려면 숙명처럼 연극을 해야만 할 것 같았다.

이후로 나는 연극배우가 되어야겠다고 생각했다.

지지리도 가난했던 집에서 할아버지는 내게 산업체 고등학교로 가 돈을 벌어 오라고 하셨다. 나는 연극이 너무 하고 싶었고, 예고는 못 가더라도 연극부가 활성화되어 있는 고등학교를 가야겠다고 결심했다. 돈은 학교를 다니면서도 벌 수 있다고 약속까지 하고서야 겨우 원하는 학교를 갔다. 그곳은 바로 축제가 활성화되어 있는 상업 고등학교였고, 그때부터 연극을 했다. 학교에서는 축제 준비 기간인 두세 달 동안 수업을 빠지고 연극 연습만 할 수 있도록 지원해 주었고 그때만 아르바이트를 쉬고 공연 연습에 몰입했다. 그로부터 지금까지 내내 연극과 그 주변에서 맴돌며 살아왔다.

스무 살이 되면 대학로로 달려가서 전업 배우가 되는 게 로망이었지만 그러기엔 우리 집 형편이 너무 어려웠고, 하나뿐인 남동생을 지켜 주는 것이 누나로서의 소명이었기에 나는 일찌감치

전업 배우의 꿈을 접었다. 연극배우만으로 먹고살기 힘든 현실이
기도 했고, 나의 연기가 대학로에서 빛날 만큼 훌륭하지도 않았
기 때문이다.

그럼에도 나의 삶에서 연극은, 무대는, 내가 반짝반짝 빛나고
있음을 증명해 주는 증인 같았고 비루한 현실을 잊게 하는 환각
제였으며 비로소 큰 숨을 쉴 수 있게 만드는 숨구멍 같았다. 무
대에 계속 서지 않아도 여전히 나는 연극이 좋다. 무대 위에서
큰 숨 쉬는 배우들의 침 튀기는 현장이 좋고, 그런 무대를 사랑
하며 계속해서 무대를 만들어 가는 사람들이 좋다. 아직도 꿈꾸
고 있는 연극인들이 좋다. 특히 소극장 무대의 공연은 생생함이
그대로 전해져서 좋다. 꼭 내가 무대 위의 배우가 아니어도 좋다.
연극의 그 언저리 무엇으로라도, 연극 곁에 존재하고 있는 것만
으로도 참 좋다.

여건이 허락지 않아 무대에 지속적으로 서 보지 못했고, 그
로 인해 부산 연극판에서 나의 존재감은 낮은 수준이다. 그러나
누가 뭐라 해도 나의 연극 사랑은 초등학교 4학년부터였다.

그런 나도 한때는 연극을 두 번 다시 하지 않으리라 결심한
적이 있었다. 고3 때부터 청소년 극단에 들어가 직장 생활을 병
행하며 27살까지 활동했던 때였다. 결혼을 앞두고 마지막 작품으
로 창작, 연출, 배우까지 맡아서 혼신의 힘을 다하다가 폐결핵에

걸리고 말았다. 그때 만든 공연 제목이 〈기억의 강〉이라는 작품이었는데 극단 한강의 〈반쪽 날개로 날아간 새〉라는 작품을 관극하고 감동받아 작업을 시작했다. 극단 아이들과 일본군 위안부에 대해서 공부할 필요가 있겠다 싶어 1년간 자료도 모으고 함께 알아 가며 만들었던 작품이었다.

내가 열심인 만큼 연극 작업 환경은 받아 주지 않았고, 그것 자체가 진저리 나기도 했다. 낮에 일하고, 밤에 잠자지 않으니 몸에 탈이 나는 것은 당연지사였다. 몸이 힘드니 이 모든 상황도 힘들었다. 혼자서 발을 동동 구르는 느낌이 버겁게 느껴졌고, 아무도 그 노고를 알아주지 않는다는 사실에 절망했었다. 살은 11kg 이상 빠졌는데, 하필 임신한 채로 폐결핵에 걸려서 더 고단했다. 연출해 주겠다고 믿었던 후배는 소식이 없고, 무대 감독을 맡겠다던 동기는 무대 비용을 들고 튀어 연락 두절이 되었다. 무대 만들 비용을 다시 마련해야 했다. 나는 단장이었고, 함께하는 친구들은 모두 후배였다. 의논할 사람도, 의지할 곳도 없었다.

공연 당일이었다. 극단 선생님께서 한숨 쉬고 있는 내게 한마디 했다.

"힘들지?"

그 말에 기운이 풀리면서 가슴 한 켠이 뜨거워졌다. 그러나

"네, 죽을 것 같아요…" 라고 내가 대답도 하기 전 뒤이어 들려오는 말에 가슴이 차가워졌다.

"내가 그동안 얼마나 힘들었는지 알겠지? 너희도 다 돌아가면서 연출을 해 봐야 내가 힘든지 안다."

낮에 일하고 밤에도 연극 작업하느라 쉬지 못하는 내 입장에서 그가 좋게 보이지는 않았다. 전업 배우로 극단 생활을 하고 있었으므로 소위 백수였고, 내게는 선생님이셨으나 그가 자신만을 생각하며 어느 하나도 도와주지 않아서 원망스러웠던 차였다. 그런 내게 그가 지나가듯 뱉은 한마디는 나의 청소년 시절을 꿈처럼 보냈던 극단에 정떨어지게 만들었고, 뒤도 안 돌아보고 종지부 찍을 수 있었던 결정적인 계기가 되었다. 열아홉부터 극단을 지키기 위해 애썼던 나의 모든 시간이 불현듯 아까워졌다. 남편은 결혼하면 '술 담배, 남자 친구들, 연극' 이 세 가지를 금지하라고 했다. 다른 건 몰라도 연극을 어떻게 끊을 수 있을까, 내내 끙끙 앓았는데. 덕분에 끊어 내지 못할 것 같았던 연극을 나의 일상에서 과감하게 잘라 내었다. 다른 극단에 들어갔었더라면 어땠을까? 달랐을까?

이후, 회사도 극단도 모든 활동을 그만두고 육아에만 전념하며 8년을 보냈다. 훌륭한 엄마가 되어야 한다는 강박은 나를 옥

문을 열다

죄었다. 24시간이 모자라게 정신없이 바삐 쏘다니던 생활에서 벗어나 오로지 집에만 갇힌 채 해야 하는 독박 육아는 감옥살이 같았다.

큰 아이가 초등학생이 됨과 동시에 다시 숨구멍을 찾아 극단에 들어갔고, 희곡을 쓰는 작가가 되고 싶어서 방송대 국문과에 들어갔다. 다시 시작한 극단 생활은 또 그것대로 녹록지 않았고, 국문과에 간다고 바로 작가가 되는 것도 아니었다.

우연이 세 번이면 인연

고등학교 때부터 활동했던 청소년 극단 선생님께서는 성인 극단에서 연기 경험도 중요하다며 당시 활동하던 극단의 워크숍 공연에 참여하도록 안내해 주셨다. 그때 나는 스무 살이었고, 낯선 어른들과 함께하는 시간이 즐거웠다. 그 워크숍에 막내인 스무 살이 셋 있었는데 하나가 나였고, 둘은 현재 나의 남편과 남편의 친구였다. 우리는 막내라는 이유로 잔심부름을 자주 했었다. 연극 연습 후 뒤풀이 간식이나 술 심부름이 주였다. 우리 셋은 나란히 나가서 같이 사 오는 시간이 많았다. 게다가 동갑이라 쉽게 친해졌다. 그리고 석 달의 워크숍이 끝난 후 헤어졌다. 그런데 얼마 뒤, 연극 공연을 보러 갔다가 공연장 앞에서 우연히 남편을 만났다. 만나서 반가웠고, 간단한 인사를 나눈 후 또 헤어졌다.

그리고 또 우연히 서면 지하상가를 지나다가 딱 만났다. 기둥을 사이에 두고 만나 반가이 인사를 건네며 내가 먼저 그에게 번호를 청했다.

"야, 우연이 세 번이면 인연이래! 우리 인연인가 보다."

우연히 이렇게 자주 만나는 게 신기해서 들뜬 나는 쓸데없이 이야기하며 삐삐 번호를 받았다. 그리고 얼마 지나지 않아 그는 군대에 간다며 연락해 왔다. 그의 친구들 일곱, 여덟이 있던 자리에서 그의 송별회를 하고 배웅했다. 친화력이 좋던 나는 그의 친구들과도 친구가 되어 자주 만났다. 그의 군대 면회도 그의 친구들과 함께 가고 친구들이 한 명씩 군대로 가면 송별회, 환영회라는 이름으로 같이 보내고 맞이했다.

군대에서 그는 편지를 자주 보냈다. 필체가 좋았던 그의 편지는 뭔가 다소 애매했다. 우린 그냥 친군데? 아직 우리가 사귀는 사이도 아닌데 이건 연인에게 보내는 편지 같아 당황스러웠다. 부대 마크가 달린 도장이 배송됐을 때는 뜨악했다. 뭐지? 도장은 뭔 의미지? 그런 그가 제대하고 친구들과의 모임에서 나를 보더니 도장 받았을 때보다 더 뜨악하게 했다. 자기 친구들과 이미 호형호제하며 지내는 내가 싫었던 모양인지 우연히라도 내가 앉은 자리와 마주 앉으면 일부러 다시 일어나 먼 자리로 가 버렸다. 그리고 내가 나오면 자기를 부르지 말라고 했다는 것이다. 그 전에는 단 한 번도 눈에 들어오지 않던 그의 반응에 나는 계속 눈길이 갔다. 다음번 모임에는 그런 그가 재미있어서 내내 쫓아다녔다. '나한테 왜 그러냐.'고 물어보면서 그가 자리를 옮기면 따라 옮기며 놀렸다. 그러다 보니 정분이 났다.

스물셋부터 내 인생 사전에 없었던 연애를 시작했다. 연애하면서 우리는 참 많이 싸웠다. 내 친구들은 그렇게 싸울 거면 그냥 헤어지라고 했다. 나는 회사와 극단 생활 외에도 하고 싶은 것들이 많아서 계속 바빴다. 짬 내서 만나면 그의 참견이나 기다림이 버거웠고, 때로는 스토커 같기도 했다. 게다가 그는 술을 마시면 필름이 끊길 때까지 마시는 버릇이 있었다. 싸우다가도 돌아서서 일정이 있으면 가고 돌아오면 왜 싸웠는지, 혹은 싸웠던 사실조차 까맣게 잊어버리는 나에 비해 싸워서 해결되지 않으면 감정을 주체하지 못하고 반드시 끝을 봐야만 하는 그였다. 그러다가 어떤 때는 휴대 전화를 던져서 부수기도 했다.

그러던 어느 날, 술에 잔뜩 취해서 지나가는 행인과 싸워 경찰서를 가게 되었다. 드디어 벼르고 벼르던 나도 결심이 섰다. 헤어지자고 했더니 그가 울었다.

"어떻게 사랑하게 됐는데 그럴 수가 있어?"

나의 결심은 무너졌다. 그래, 이 사람이 나를 많이 사랑하는구나. 이 세상에 이 사람처럼 나를 사랑해 주는 사람이 어디에 있겠는가.

언제 남포동에서 만나기로 했던 우리는 손잡고 가다가 너무 많은 인파에 묻혀 서로를 놓쳐 버렸다. 아무리 찾아도 그가 보이지 않자 나는 그 자리에 주저앉아 울기 시작했다. 마치 그가 나를 버리고 간 기분이었다. 우리 엄마처럼. 내 여섯 살 즈음의 엄마처럼. 얼마 지나지 않아 그가 나를 찾아냈지만 내 눈물은 브레이크가 듣질 않았다. 기분에 두 시간은 족히 울었던 듯싶다. 내가 우는 동안 그는 아무 말도 하지 않고 가만히 기다려 주었다.

그는 내게 편지로 프러포즈했다. 그 좋은 필체로 내가 어디에 있더라도 저 하늘의 별처럼 꼭 따라다닐 터이니 안심하라고 했다. 버림받는 것에 대한 두려움이 컸던 나에게 이처럼 믿음직한 말은 없었다.

부모 없이 자라 가난한 내게 연애는 사치요, 결혼은 금기 항목이었는데 스무 살에 만난 인연과 4년 정도의 연애 후 스물일곱에 결혼했다. 그리고 남매 둘을 낳아 23년 차 결혼 생활을 하는 지금, 독립을 꿈꾼다.

2장

유기
불안

심해 속 심해어 같은

유기 불안

성냥 팔이

서릿발 내리는 찬 겨울 아침
쓰리빠에 맨발로
삼촌이 필 담배 세 까치를 사러 나선 여섯 살
까치도 까악 까악

할아버지가 마실 탁배기 한 주전자 사러 나선 일곱 살
호호 시린 손을 불며 종종걸음으로
난로 기운 가득한 가겟집 문을 닫으며
문득 돌아가고 싶지 않다.

어디 가면 엄마가 있을까요?

● ● ◖ ◖ ◖

유기(遺棄)

내다 버림

우리 부모님은 내 나이 여섯 살에 이혼하셨다. 바로 아래 세 살짜리 남동생이 물에 빠져 죽고, 그 아래로 갓난쟁이 동생이 태어나 채 100일도 안 되었을 때였다.

어릴 적 기억은 거의 없지만, 엄마 아빠와 같이 오순도순했던 기억은 더더욱 없다. 내가 태어난 곳이 '강원도 원주시 가현동 62번지'라고 기억하는 이유는 어디서인가 호적 등본 같은 것을 보고 나서부터 아닐지 모르겠다. 이후로 나의 살던 고향은 강원도 원주시 가현동이 되었다.

기억 속의 엄마는 동생을 낳고 일하러 가셨는지 늘 집에 없었다. 어느 날부터 인천 작은 이모네에 살게 되었다. 여섯 살인 아이가 갓난쟁이를 돌보는 게 지금 생각하면 가능한 일인가 싶기는 하지만, 나는 동생이 울 때마다 분유를 타 먹이는 미션을 수행했다. 분유를 타고 손등에 떨어뜨려서 뜨거운지 확인하다가 맛있어서 종종 내가 먹었던 기억도 있다. 울다 지쳐서 자는 동생에게 미안했었다. 문득, 그 미안함이 계속해서 동생을 돌보게 했는지도 모르겠다는 생각이 든다. 내게 동생은 늘 아들 같았고, 애틋하기도 했지만 버거웠다. 그런 기분이 들었던 이유는 분유를 타먹여야 했던 여섯 살 때부터 아닐까 싶었고, 그 생각은 글을 쓰고 나서 들었다. 유년 시절에 대한 기억이 그리 많지 않은데도 뚜렷하게 기억나는 아기의 울음소리, 분유의 달콤한 맛, 그 사이에서 갈등했던 나의 죄책감이 떠오른다. 그래서 그 장면을 명징하게 기억하는 것이 아닐까? 내가 먹이지 않으면 아기가 죽을지도 모른다는 압박은 어린아이에게 참 무거운 짐과 같았다. 그래서 나는 늘 동생에게 내가 이 아이를 지키지 않으면 안 된다는 책임감을 가졌다.

엄마는 우리를 데리고 부산 친할아버지네 집으로 갔고, 쮸쮸바를 사 먹으라고 천 원을 주고는 도망가 버렸다.

가게에서 쮸쮸바만 사고 얼른 가야 하는데 주인아주머니께서 방 안에 들어앉아 자꾸 '쥬리 가져가라.'라며 손짓했다. 그 바람에 나는 엄마를 만나지 못했다. 쥬리가 무슨 말인지 몰라서 멀뚱히 한참 서 있다가 시간을 많이 보냈다. 아줌마가 말한 쥬리는 인형 이름이 아니고 잔돈이라는 사실은 나중에 알게 되었다. 아줌마 때문에 지체하지 않았다면 나는 엄마를 만났을 테고, 엄마가 나를 보고는 그렇게 가 버릴 수가 없을 거라 생각했다. 내가 매달려 우는데 매정하게 가지는 않았을 거라는 생각에 가게 아주머니가 내내 원망스러웠다.

엄마는 그렇게 우리를 버렸다. 동생과 내가 맡겨진 친할아버지, 할머니 댁은 너무너무 가난했다. 끼니를 거를 때도 많았고, 늘 배가 고팠다. 엄마는 아무리 기다려도 돌아오지 않았다. 무릎 꿇고 울며불며 기도해도 아무도 내 목소리를 들어 주지 않았다. 그날 이후로 나는 신을 믿지 않게 되었는지도 모르겠다.

내 나이 아홉 살, 무슨 연유인지 빚쟁이들이 늘 돈을 받으러 왔으나 그때마다 집에 할아버지와 할머니는 없었다. 어른은 아무도 없고 동생과 나뿐이라 말해도 믿지 않았다. 계속해서 괴롭히던 빚쟁이들의 시달림을 도저히 못 견뎌 나도 모르게 현관문 유리창을 손으로 깨부숴 버렸다. 철철 흐르는 피를 보고서야 그들은 돌아갔다. 내 손의 안부를 묻는 사람도, 괜찮냐고 하는 사람도 없었다. 아무것도 모르는 동생만 "누부야 죽지 마라."고 하면서 매달려 울었다.

아무리 말해도 내 얘기를 들어 주지 않으니 어린 나로서는 어쩔 도리가 없었다. 막막하니 나도 모르게 본능적으로 유리를 깼지만, 피가 흐르는 손을 어찌해야 할지 몰라 쥬리 아줌마가 있는 가게로 달려갔다. 쥬리 아줌마는 쥬리 사건 이후로 할아버지 막걸리 심부름이나 가치 담배 심부름, 혹은 외상 같은 것으로 나름 돈독해진 어른이었다. 아주머니의 응급 처치 덕에 지혈이 되었고, 아줌마에 대한 원망은 고마움이 되었다가 외상이 많아지면서 미안함으로 바뀌었다.

그때 다친 오른손의 상처는 지금도 남아 있지만, 다행히 깊진 않았다. 그러나 그 인정사정없이 돈 내놓으라고 멱살 잡던 눈빛에 손보다 마음이 더 깊고 날카롭게 베였다. 사람들에 대한 불신은 그때부터 깊은 상흔으로 남아 있다. 세상 어떤 것보다 돈이 중요하던 사람들, 그날 이후로 나는 어른들이 무서웠다.

얼마 뒤 형편 때문이었는지 나는 대전으로 입양되었다. 입양된 집에는 아들 하나를 키우는 어머니가 계셨다. 그 어머니를 사이에 두고 양옆에서 잘 때면 그 아들 녀석이 자기 엄마한테 꼭 자기만 보고 자라고 칭얼거려서 나는 늘 그분의 등을 보며 자야 했다. 나를 바라봐 주길 바라진 않았지만, 외딴 섬 같은 곳에 홀로 떨구어진 내게 돌려진 등짝을 매일 밤 보는 건 감당하기 너무 외롭고 쓸쓸한 일이었다.

등, 내게로 돌려진 그 등. 입양되었던 그 집의 그 방에서 모로 눕지도 못하고 그저 가만히 숨죽이며 바라보았던 까만 천장. 잠도 오지 않는 긴 밤. 어떤 끈으로 묶인 듯 움직이지 못하고 침도 조용히 삼키며 잠이 오기를 기다리던 밤. 글을 썼을 뿐인데 묻혀 있던 기억 속에서 그 밤의 외딴섬 같이 동그마니 떠 있던 나의 기분과 그 서늘한 공기가 온몸으로 파고들어 나도 모르게 눈물이 난다. 한 공간에 있으나 없는 존재로 취급되는 그 밤들의 소외감. 세상에 나만 혼자인 것 같은 그 서러운 기분.

이후 나는 누군가 내 앞에서 귓속말하는 행위도 끔찍하게 싫어했다. 철저하게 소외당하는 기분 앞에서 무력해지는 내가 싫은 것이다.

"나는 없는 사람이 아니고 있는 사람이다!"

나는 내게 등 돌려지는 상황이나 느낌을 만날 때면 끝 간 데 없이 쓸쓸해졌다.

그래도 대전의 홍도초등학교에서의 2학년 생활은 부산의 신평초등학교 때보다 즐거웠다. 예쁜 옷을 입고, 프로스펙스 신발을 신고, 맛있는 밥을 먹었다. 나는 늘 100점 맞고 공부 잘하는 아이였기 때문에 인기 있는 아이가 되었다. 부산에서와 180도 달라진 성격의 내가 스스로 생각해도 신기했다. 조용한 나는 온데간데없고 활발하기가 이루 말할 수 없었다. 부산에서는 말도거의 안 하던 내가 남자아이들과 스스럼없이 말뚝박기를 하기도했다.

그러나 얼마 지나지 않아서 번번이 칭얼대는 아들 녀석을 생각해서인지 그 집 어머니는 나를 파양했다. 이유는 내가 너무 똑똑하다는 것이었다. 칭얼대는 그 자식은 1학년이었는데 늘 시험 점수가 형편없었다. 그저 태어났을 뿐인데도 버림받고, 너무 똑똑해도 버림받는다. 엄마한테서 한 번, 파양으로 두 번. 나는 버림받은 아이라 스스로에게 낙인찍었고, 세상을 버리고 버려짐으로 읽었다.

유기 불안. 나는 세상으로부터 버려질지도 모른다는 불안 때문에 내가 얼마나 유용한지를, 쓸모 있는지를 증명하려고 애썼다. 그저 버려지지 않도록 초조하게 눈치 보면서.

유기(有機)

생명을 가지며, 생활 기능이나 생활력을 갖추고 있음

우연히 알게 된 같은 단어, 다른 뜻의 유기. 무기의 반대말. 버려졌으므로 더 생명을 가지고 죽지 않은 채 살아, 그럼에도 불구하고 살아가는 나는 유기되어 유기하게 된 건지도 모른다. 내 삶의 동력은 언제나 결핍에서 시작해 생활력을 보이기 위한 유기로 끝났다.

다시 돌아온 부산, 신평초등학교에서의 생활은 최악이었다. 할아버지는 바지춤에 돈주머니를 차고 다니셨는데, 돈이 있어도 학용품이며 준비물 살 돈을 주지 않았다. 준비물을 챙겨 오지 않으니 공부를 잘하는데도 선생님께 늘 혼이 났다.

2학년 통신표에는 '독해력이 뛰어나나 위생 상태가 불량하다.' 라고 적혀 있었다. 위생 상태가 불량한 아이는 돌봄받지 못하는 아이의 대표적인 이름표가 아닐까. 아이의 청결 상태는 엄마의 부재 여부를 바로 가늠하게 한다. 늘 동생을 돌봐야 했고, 여전히 가난했고, 여전히 배고팠다. 설거지며 빨래며 집안일도 잔뜩

해야 해서 고달팠다. 공부를 잘해서 상장을 받아 와도 칭찬해 주는 이 하나 없었다. 상장이 생기면 동그라미를 찾아서 빨간색으로 칠하고 네모를 찾아서 초록색으로 칠하며 놀았다.

할머니는 서울 친척 집에 기거하는 파출부를 해서 집에 없었다. 그래서 할아버지와 남동생 셋이 살던 시절에 있었던 일이다. 언제까지 오전반과 오후반이 계속됐는지 기억은 정확하지 않지만 초등학교가 아직 국민학교로 불리던 시절이었다. 한 반에 아이들이 4, 50명이라 오전반, 오후반 등교가 제법 고학년 때까지 진행된 듯하다.

역시 아홉 살, 2학년 때였다. 집에 아무도 없는데 나는 오후반으로 학교를 가야 했다. 그러나 겨우 네 살인 남동생을 혼자 두고 학교에 갈 수가 없었다. 어쩔 수 없이 학교에 남동생을 데리고 갔다. 교실까지는 같이 들어갈 수 없어 손가락 과자 따위를 쥐여 주고 운동장에서 놀라 하고는 수업에 들어갔다. 쉬는 시간마다 온다 말하고 꼼짝하지 말라고 했거늘, 1교시 수업을 마치자마자 뛰어나가 보니 아이가 없었다. 온데간데없이 사라진 아이를 찾아 헤매며 학교 밖 골목으로 내려가니 파출소에서 방송하고 있었다.

"까까머리에 손가락 과자를 먹고 있는, 3세가량의 아이를 보호하고 있사오니…"

파출소까지 한걸음에 달려가 해맑게 과자를 먹고 있는 동생을 끌어안고 엉엉 울었다. 아이를 잃어버린 줄 알고 얼마나 가슴이 철렁했는지 모른다. 아이 손을 잡고 어쩔 수 없이 교실로 들어갔다. 선생님께 사정을 얘기하니 맨 뒷자리에 앉히라고 하셨다. 하필이면 음악 시간이었는데 신이 난 동생은 선생님의 풍금 소리에 맞춰서 손뼉을 치고 좋아했다. 제발 가만히 있어 주면 좋겠는데. 나는 너무 부끄러웠다. 수업을 마친 후 선생님께 내일부터 동생은 데리고 오지 말라는 이야기를 들었다.

그러나 그다음 날도 집에는 아무도 없었고, 이제 겨우 네 살인 아이를 그냥 두고 가면 또 잃어버릴 것이 분명했다. 그래서 과자를 사 놓고 문을 잠근 채 학교에 갔다. 하교 후 한달음에 달려가 문을 여니 아기가 눈물, 콧물을 흘리고 문 앞에서, 그것도 찬 땅바닥에서 자고 있었다. 그 모습이 얼마나 가슴 아팠는지 모른다.

정태춘의 1996년도 앨범 '아, 대한민국'에 실린 노래 중, '우리들의 죽음'이라는 노래가 있다. 맞벌이 영세 서민 부부가 방문을 잠그고 일을 나간 사이 지하 셋방에서 불이 나 방 안에서 놀던 어린 자녀들이 밖으로 빠져나오지 못하고 질식해서 죽은 신문 기사의 낭송으로 시작되는 노래였다. 이 곡을 처음 들었을 때 그때 널브러져 있던 남동생의 모습이 떠올라 한참을 울었다.

그 이후로 동생은 할아버지를 따라다녔지 싶다. 할아버지는 유아들 말 태우는 손수레를 몰고 다니셨다. 할머니가 서울에서 아예 내려오시고부터는 그 옆에서 번데기를 파셨고, 나중에는 설탕 과자 뽑기로 업종을 전환했다. 집에서 번데기 냄새와 설탕 단내가 났다. 그러다가 만화 가게 한편에서 튀김 쥐포 같은 것들을 팔기도 했었다. 당시 같은 반이었던 남학생이 쥐포를 사 먹으러 왔길래 딴에 아는 얼굴이라고 많이 줬다가 그다음 날 창피당한 기억이 난다.

"저 가시나가 어제 쥐포를 억수로 많이 넣어 줘서 집에 가서 설사를 줄줄 했다!"

그 녀석이 반에 가서 아이들한테 큰 소리로 떠들어서 부끄러워 혼났었다.

할아버지는 매일 그렇게 돈을 벌면서도 설날이면 세뱃돈도 십 원짜리로 30원, 50원을 주셨다. 학교에서 불우 이웃 돕기 성금을 가져오라 하면 우리 집이 불우 이웃이니 그 돈을 받아서 우리 집으로 가져오라고 하신 분이셨다.

할아버지는 당신 자식들도 초등학교만 졸업시키고 다들 공장에 취직하게 했다고 한다. 월급날이면 공장 앞에서 기다렸다가 월급봉투를 수거해 가는 바람에 이런 착취를 견디지 못한 자식들이 일찍이 가출 후 독립했다고 들었다.

그래서인지 할아버지는 2남 2녀를 자녀로 두었지만, 설날이고 추석이고 우리 집에는 찾아오는 사람이 없었다. 아버지조차도 한 번을 오지 않아서 나는 아버지의 얼굴을 몰랐다. 아니, 기억나지 않았다. 할아버지, 할머니의 입을 통해서 들은 아버지는 미8군 부대의 중사였고, 잘생겼고, 똑똑하다는 것이었다. 양육비를 주겠다 약속하고 아이 둘을 맡겼으면서 양육비를 제대로 주지 않고 사라진 엄마는 게으르고, 늘 애들 밥도 안 챙겨 주는 못된 년이라고 들었다. 그래서 나는 아버지가 소공녀 세라의 키다리 아저씨처럼 언젠가 짜잔 하고 나타나서 나를 구해 줄 거라 생각했다.

아무리 기다려도 아무도 나타나지 않았고, 하는 수 없이 신문 배달을 시작했다. 당시 초등학교 5학년이었다. 한 달 신문 배달을 하고 신문 대금 수금하러 갔던 집에서 짝지를 만났다. 또저 아이가 학교 가서 뭐라고 하면 어쩌나 가슴 졸였는데 다행히 지훈이는 아무런 내색하지 않았다. 그래서 그날부터 나는 그 착한 아이를 좋아했다. 배달 월급을 받으면 학용품도 사고, 맛있는 과자도 사 먹었다. 그러다가 할아버지한테 호되게 맞았다. 제 어미를 똑 닮아서 저만 아는 못된 년이라고. 그 뒤로 내가 번 돈은 무조건 가져다 드렸다.

어릴 때 우리 집 텔레비전은 문을 닫게끔 되어 있었다. 할아버지는 당신이 좋아하는 'MBC 뉴스'와 '조선 왕조 500년' 같은 프로그램을 볼 때만 텔레비전 문을 열어서 보고는 당신이 보지 않을 때는 자물쇠로 잠가 보지 못하게 했다. 당시 나는 '모여라 꿈동산'의 열렬한 팬이었다. 그래서 텔레비전을 보기 위해 동생을 데리고 가까운 친구 집에서 그 프로그램을 보고 때때로 저녁밥까지 얻어먹기도 했다.

할아버지는 늘 자기 맘대로였다. 술 취해서 성질나면 밥상을 엎기도 하고, 당신 몸에 좋으라고 종종 소의 생간을 사 드셨다. 피가 뚝뚝 떨어지는 그것을 어린아이가 좋아할 리 없잖은가. 몸에 좋은 거니 먹으라는 강요도 끔찍했다. 그리고 하기 싫은 집안일. 특히 무겁고 때 안 빠지는 할아버지 털 바지가 싫었다.

수도도 없고, 세탁기도 없어서 손빨래해야 했는데 한겨울 찬물에 담가 둔 그 무거운 털 바지는 정말 빨기 힘들었다. 빨래를 세제에 풀어 담가 둬야 그나마 때가 지는데, 날이 차서 꽁꽁 얼어붙으면 더 곤욕이었다. 맨손을 호호 불며 쭈그리고 앉아서 빨래를 비비고 있으면 빨래 대야를 발로 탕탕 차며 옆집 아줌마가 지나갔다.

"으이구 이년아, 빨리빨리 빨래를 해치워야지! 이 좁은 골목을 니 혼자 다 차지하고 앉아 있을래? 하루 종일 빨래하나? 어? 빨리 안 하나?"

자기 자식도 내내 때리고 욕하던 그이한테 내가 가여워 보일 리 만무했다. 철거촌, 판자촌이었던 그 좁은 골목에 여러 집이 다닥다닥 붙어 살았다. 다세대 주택, 수세식 공용 화장실. 팍팍한 살림살이. 측은지심을 갖기엔 손톱만큼도 마음에 여유가 없는 사람들. 그때 그 골목 사람들은 참 메말랐다. 때문에 나는 세상 사람들이 더 무서웠다. 중학교 때 소설 〈오싱〉을 보면서 어린 시절 내가 오버랩되어 읽으며 얼마나 울었는지 모른다.

분명히 할아버지 주머니에는 언제나 돈이 짤랑거렸다. 할아버지가 술에 많이 취해서 자는 날이면 모두 잠든 밤 몰래 텔레비전을 켜서 밤새 봤다. 그러다가 자는 할아버지의 돈주머니에서 돈을 훔쳐 너무너무 사고 싶던 마루 인형을 샀다. 뭔가 복수한 기분이 들었고 들키지 않아서 더 통쾌하기도 했다.

그런데 할아버지가 일할 수 없게 되자 돈주머니를 더 이상 차고 다니지 않으셨고, 벼락같이 소리 지르며 부리던 성질도 함께 사라졌다.

중학교 때는 왜 그렇게 서무실에서 등록금 내라고 방송을 해대는지 알 수가 없다. 매번 불려 다니는 게 창피해서 방학 때마다 억지로 공장에서 일해야 했다. 그래야 등록금을 낼 수 있었다. 졸업식 때는 등록금을 내지 못해 가지도 못했다. 형편이 비슷했던 같은 반 친구 윤희가 시급 높은 장난감 공장에 스티커 붙

유기 불안

이는 아르바이트를 소개해 주었다. 처음 며칠은 스티커를 붙였으나 어느 아줌마가 자기 인두질하는 것을 가르쳐 주더니 본인과 바꿔서 일하자고 했다. 인두질은 플라스틱 녹는 냄새 때문에 머리가 아팠다. 나중에 알았지만, 인두질은 스티커보다 시급이 더 높았다. 인두질을 열심히 하고 스티커 시급을 받았어도 별다른 항의를 하지 않았다. 나는 어렸고, 약했다. 다른 아줌마 한 분이 애한테 그걸 시키냐고 나무랐으나 그녀는 못 들은 척 스티커를 붙였다. 나는 한 달 내내 두통약을 먹으면서 번 돈을 등록금으로 내고서야 졸업장을 받아 갈 수 있었다. 그 졸업장이 뭐라고 굳이 학교에 가서 그걸 받아 왔다. 내가 학교에 찾아가니 중3 담임 선생님이 짜장면을 사 줬다.

고등학교 때는 취업 전까지 분식집을 전전하며 아르바이트했다. 가난은 찰거머리처럼 붙어서 떨어질 줄 몰랐고 다리는 언제나 끊어질 듯 아팠으며 너무 피곤한 날에는 학교에 가지 않았다. 아니, 가지 못한 게 맞겠다.

고등학교 국어 시간이었다. 자기가 쓴 글을 읽는 시간이 있었는데 나는 내 글을 읽으면서 눈물 흘렸다. 그저 내가 좋아하는 것들, 꿈꾸는 것들, 희망하는 것들을 나열해서 읽었을 뿐인데 그랬다. 국어 선생님께서는 글이 좋아 글쓰기 동아리에 들어오면 좋겠다고 하시면서 교무실로 자기를 찾아오라 하셨다. 고마운 말씀이었지만 나는 더 이상 꿈꾸는 소녀가 아니었으므로 선생님을 찾아가지 않았다.

할아버지, 할머니는 연세가 쌓이면서 아무 일도 할 수 없었다. 나는 초등학교 5학년 이후로 쉬지 않고 벌어야 했다. 남동생은 아직 중학생이었고, 등록금을 내 줘야 했다.

아르바이트로 월급을 타면 꼭 500원짜리 주택 복권을 샀다. 언젠가는 당첨되지 않을까 꿈꾸면서 주택 복권을 긁으며 집의 구조를 그렸다. 여기는 동생 방, 여기는 내 방, 여기는 거실 따위를 그리며 상상하는 재미에 시간을 보내었다. 마치 성냥 하나에 환상 하나로 행복해하던 성냥팔이 소녀처럼. 아무리 기도해도 돌아오지 않는 엄마처럼 주택 복권은 아무리 긁어도 당첨되지 않았다.

집은 언제나 추웠고 신문지를 바른 창문은 곧 떨어질 것 같았다. 평생을 이렇게 살아야 하나, 변하지 않는 현실에 숨이 막혔다. 어디 도망가고 싶어도 달리 갈 곳도 없는 현실, 평생 이렇게 살아야 한다는 압박감으로 해맑던 열아홉은 이제 어디에서도 찾을 수 없었다. 그저 사는 게 지긋지긋했다. 캄캄한 어둠, 깊숙한 심해에서 생존하기 위해 뼈와 눈만 남긴 채 그냥저냥 숨만 쉬며 살아가는 심해어의 모습을 하고 있었다.

수세식 화장실 근처 냄새나는 이 골목이 싫었고, 몸은 계속 피곤했다. 달라지지 않는 현실 앞에 한없이 무기력했고 피곤이 계속 쌓이던 어느 날, 일어날 힘이 하나도 없었다. 그냥 이대로 죽으면 좋겠다고 생각했다. 보름 동안 아무것도 먹지 않고, 학교도 가지 않은 채 누워서 잠만 잤다. 이외수의 〈들개〉를 읽었는데, 참으로 세상이 온통 내게 등을 돌리는 것 같았다. 더 이상 살아갈 이유가 없었다. 죽을 수만 있다면 죽고 싶었다. 그렇지만 생각보다 죽는 건 쉽지 않았다. 게다가 아사(餓死)는 더 쉬운 일이 아니었다. 죽음을 기다리다 지쳐 죽지 않는 몸뚱이를 일으켜 들개의 주인공처럼 라면을 끓여 먹고 설사를 내리 주룩주룩했다.

별수 없이 또 학교를 가고, 일하러 가야 했다. 보름 정도 학교를 결석하면 보통 예상 시나리오에서 선생님은 "안경 벗어."라는 대사를 먼저 뱉으신다. 그건 당시 남자 선생님들의 통상적인 훈육 방식이었다. 뺨 싸대기를 대여섯 대 정도 맞고 이리 구르고 저리 구른 후 일어나면 묻는다. "왜 또 학교에 안 나왔어?"라고. 물론 고3 때 담임 선생님께서는 며칠씩 소식 없이 결석하면 어찌 아시곤 내가 하는 아르바이트 가게로 찾아오셨다. 과일을 한 봉지 사 오셔서 손에 쥐여 주며 "내일은 꼭 나와라." 하셨었다. 나는 뻔뻔하게 학교는 안 가도 학교 앞에 있는 아르바이트 가게는 꼭 갔었다. 돈은 벌어야 하니까.

미리 시나리오 설계 후 마음의 준비를 하고 등교했는데 조회 시간에 선생님은 아무 말도 안 하셨다. 웬일인가 의아하던 중 선생님께서 조용히 교무실로 나를 불러 말씀하셨다.

"너희 할아버지, 할머니가 다녀가셨어! 밥은 왜 안 먹고 누워 있냐? 너 이대로 있다가는 출석 일수가 모자라서 졸업 못 해. 어차피 아르바이트 계속할 거니까 그냥 빨리 취업을 하자."

지금 생각하면 참 고마운 선생님인데, 졸업하고 한 번을 찾아가서 인사를 못했다. 뭔가 훌륭한 사람이 되어서 찾아뵙고 싶었는데, 나는 계속 훌륭한 사람이 되지 못했다. 그렇게 5월에 취업했고, 선생님께서는 개교 이래로 제일 빠른 취업이라고 하셨다. 학교는 그날 이후로 더 이상 가지 않아도 되었으며 선생님한테 뺨을 맞는 대신 사장님한테 결재판으로 머리를 맞았다.

기록 경신은 또 하나 있었다. 나는 졸업생 중 집 전화가 없는 유일한 학생이었다. 당시는 94년이었다. 졸업 앨범을 보면 다들 있는 전화가 우리 집에만 없었다. 비어 있는 전화번호 자리를 보면서 화가 났다. 자주 결석하는 학교였지만, 교복을 다시 입지 못하는 게 서글펐다. 나는 빨리 어른이 되는 게 두려운 아이였다. 세상이 얼마나 각박한지 아니까. 학생이라는 신분이 얼마나 많은 울타리가 되어 주는지 아니까. 일찍 어른이 되어야만 했던 나는 어른의 무게가 무겁기만 했다.

그때 할아버지, 할머니가 학교로 찾아왔다는 사실은 의외였다. 내가 죽은 듯이 자고 있어도 별다른 관심을 두지 않았던 그들이었고, 나는 그렇게 혼자인 채로 죽어 가면 그만이라고 생각했었다.

지금, 문득 학교의 긴 복도를 두 늙은이가 지팡이로 자박자박 짚어 걸어갔을 뒷모습이 그림처럼 떠오르자 하염없이 눈물이 난다. 아무도 없다고 생각했던 당시의 나에게도 보호자가 있었다. 나는 나 혼자 스스로 어른이 된 줄 알았다.

3장

엄마 찾아 삼만리

일곱 살

엄마 찾아 삼만리

등 짝

가만히 바라보고 있으면 남 같다.
그러자니 외롭다.

가만히 바라보고 있으면 욕 나온다.
그러자니 갈기고 싶다.

가만히 바라보고 있으면 안쓰럽다.
그러자니 안아 주고 싶다.

내 친구 진성경

요즘은 젊은 친구들 사이에 위스키가 유행이라고 한다. 나도 위스키 맛보기를 좋아하는 지인 덕분에 그가 사들인 여러 종류의 위스키를 맛보는 중이다. 최근에 그는 압생트를 구매했다. 빈센트 반 고흐가 먹고 귀를 잘랐다는 그 위스키는 쑥 성분이 많이 들어가서 초록색을 띠었다. 독특한 향이 강해서 술이라기보다는 열 감기가 심하게 걸렸을 때 아기들이 먹는 시럽 같은 달짝지근하면서 약 맛이 나는, 혹은 강력한 소화제 같은 데서 나는 박하 맛 같았다. 문득, 고등학교 절친했던 친구랑 나눠 마셨던 술이 생각났다. 그 술도 프랑스산이었나 하고 검색해 보니 역시였다.

친구 엄마가 운영했던 '언덕 위의 하얀 집'. 거기가 송도였던가. 친구 엄마가 사장님이었는지 종업원이었는지도 정확히 기억나지 않았지만 우리는 문 닫힌 그 가게에 놀러 가서 개봉된 술을 하나 골라 마셨었다. 그 술은 갈리아노였다. 엄청 달짝지근해서 술이 뭐 이렇게 맛있냐며 교복을 입고 홀짝거렸다. 나중에는 술에 취한지도 모르고 깔깔거리며 재미나 했었던 기억이 떠오른다.

그 친구는 나의 어둡고 깊은 동굴 같던 긴 터널 끝에서 어서 나오라고 등불 하나 들고 손짓해 준 구원자 같은 존재였다. 열일곱의 파도치던 시절부터 연극부 활동을 함께했던 첫사랑 같은 영혼의 친구라고 생각했다.

학창 시절 내내 나는 한 번도 도시락을 싸 다니지 않았다. 어릴 때는 집에 먹을 것도 없고, 싸 줄 사람도 없었기에 그냥 수돗물을 먹으면서 굶었다. 몇 학년 때였는지 기억은 나지 않지만, 도시락 없이 혼자 굶는다는 걸 알았던 같은 반 학급 임원 공나영 어머니께서는 그 한 해 동안 나의 도시락을 챙겨 주셨다. 도시락 통도 유명한 일본산 코끼리표 보온 도시락이었다. 따뜻했던 그 도시락은 정말 맛있었다. 그때 그 아이는 나랑 친하지도 않았는데 엄마가 갖다주라니까 꼬박꼬박 내 책상에 아무런 말 없이 도시락을 두고 갔다. 당시에는 수치스러웠는데 지금 생각하니 참 감사하다. 매일 남의 집 아이 도시락을 싸는 것이 쉬운 일인가. 연락이 닿는다면 꼭 감사하다는 말씀을 전해 드리고 싶다. 공나영도 복 많이 받으며 잘 살기를 바라고, 어머니께서도 건강하고 평안하시길 기원한다.

초등학교 5학년, 학교에서 형편 안 되는 친구들 대상으로 우유와 빵을 나눠 주었다. 그것도 참 수치스러운 일이었고, 매일 나눠 주는 팥빵이 지겨워서 지금도 팥빵은 별로다. 다 컸으니까 도시락은 본인이 챙겨 다닐 수도 있지 않았을까 싶지만, 나는 어릴 적부터 했던 집안일에 신물이 나서 도시락 싸는 건 영 내키지 않았다. 돈을 벌면서 자연스레 집안일에서 해방되어 참 좋았다.

내가 도시락 없이 굶거나 매점에서 라면 사 먹는 사실을 안 친구는 나와 같이 먹으려고 밥을 꾹꾹 눌러 담아 도시락을 싸 왔다. 늘 베란다에서 만나 점심을 함께 먹었다. 우리 반보다 친구 반에 자주 찾아가 그쪽 반 친구들과 더 친했고, 친구의 친구들은 다 내 친구였다. 수학여행 때는 함께 있고 싶어서 짬뽕차(한 반에서 남는 아이들이 섞여 있는 버스)를 탔고, 친구 반에서 함께 잤다.

툭하면 결석하던 나를 불쑥 찾아와 오늘은 같이 결석하자고 먼저 제안하기도 했다. 그날 우리는 광안리 바닷가를 걸었다. 물론, 다음 날 친구 담임 선생님께 혼이 난 것은 나였다. 나 때문에 모범생인 친구가 결석도 하고 성적도 떨어진다며 같이 놀지 말라고 하셨다. 사실 친구가 왔던 날은 학교 가려고 했던 날이었는데, 그 말을 들으니 다소 억울하긴 했다. 또 어느 날은 친구 엄마가 사 준 금가락지를 내게 몰래 건네주고는 살다가 힘들 때 팔아먹으라고 했다. 아직도 그 금반지는 집에 고이 모셔 놓고 있다. 그건 팔 수 있는 물건이 아니었다.

그렇게 내 오랜 외로움에 묵묵히 동참해 주었던, 때때로 엄마 없는 내게 엄마 같았던 친구가 어느 날 갑자기 연기처럼 곁에서 사라졌다. 나는 그녀의 실종이 절망스러웠다. 이유를 알 수 없어서 더 그랬다.

모태 신앙이던 어머니의 뜻에 따라 성경책을 이름으로 가졌던 내 친구 성경이는 기실 학창 시절에 교회를 열심히 다니지 않았다. 여상을 다녔던 우리는 일찌감치 경제 활동을 했고, 대기업 기숙사 생활을 했던 친구와는 뜻하지 않게 자주 만나지 못했다. 간간이 만나면 유부남에서 연하남까지 다양한 연애사를 화려하게 늘어놓으며 모태 솔로이던 내게 자랑했었다. 당연한 일이었는지도 모른다. 그녀는 안경을 끼면 영심이였지만, 안경을 벗으면 신비한 여인으로 변신했다. 까무잡잡한 피부의 허스키 보이스가 매력적이었다. 게다가 날씬한 몸매에 자그마한 체구로 입을 가리며 호호 웃던 그녀는 여성스러움의 극치였기에 남자들에게 인기가 많았다. 무엇보다 결정적인 이유는 사랑이 넘쳤다는 데에 있다. 그녀는 금.사.빠였다.

"나는 그 사람을 자세히 들여다보고 반드시 사랑스러운 지점을 찾아내고야 말아!"라고 말하던 능력자 성경이는 수시로 남자들이 바뀌었다. 나중에 차이고 매달리다 애가 탄 몇몇은 어떻게 번호를 알았는지 같이 만난 적 있는 내게도 연락해 오곤 했다.

그런 그녀가 어느 날 갑자기 목사님과 선을 보고는 단 세 번의 만남 끝에 결혼했다. 목사의 사모님이 된 것이다. 시간이 꽤 지나 목사님께서 믿음이 없는 자와는 관계를 맺지 말라 했다며 친구는 나와의 만남을 멀리했다. 그래서였는가, 그녀는 하루아침에 사라져 버렸다.

언젠가 친구에게 무심히 전화를 걸었는데 없는 번호라는 음성 안내에 할 말을 잃었다. 집으로도 찾아갔지만, 이사한 상태였다. 그렇게 아무런 말도 남기지 않고 홀연히 사라져 버렸다. 가끔 나는 꿈속에서조차 친구를 찾아 헤매곤 했었다. 죽었는지 살았는지 알 길이 없었다. 이름이 특이하니까 인터넷 그물망에 포착되지 않으려나 생각날 때마다 검색해 보고는 했다. 하지만 신앙생활에 전념하는 것인지 어디에서도 찾을 수 없었다. 내 이름은 흔해서 페이스북에 검색하면 금방 나오기에 그럴 마음만 있다면 나는 단박에 연결되는 사람이었다. 연극부 혜진이는 그렇게 나를 찾아내어 다시 연락했건만. 나는 친구가 못내 그리워서 수시로 검색창을 열어 여기저기 자주 검색했었다. 그렇게 이십여 년이 지났다. 작년에 드디어 기사 하나를 찾았다. 유튜브 방송에 인터뷰한 장면도 있었다. 전남 무안에서 아이를 네 명이나 키우고 있었다. 안경 낀 영심이 얼굴을 하고는, 여전한 모습이었다. 반가운 마음에 블로그 기사 아래에 댓글을 남겨 봤으나 답장은 받지 못했다.

'죽은 줄 알았더니, 아니면 해외에서 살고 있나 했더니, 이렇게 멀쩡히 잘 살고 있었구나. 그래, 죽지 않고 살아 있어서 다행이다. 잘 살고 있는 것 같으니 그걸로 되었다.'하고 위안하다가 갑자기 화가 치밀어 올랐다. '어떻게 이렇게 멀쩡히 잘 살고 있으면서 나한테 이사한다는 한마디 없이 사라질 수가 있는 것인가? 어쩜 이렇게 나를 버린 엄마랑 똑같은 방식으로 나를 버리듯이 사라진 거지? 네가 나한테 어떻게 그래? 다른 사람도 아닌 네가? 나를 모르는 것도 아닌데…. 나 혼자 이렇게 애가 닳아 너를 찾아 헤매고 살았구나. 나만 혼자.'

친구에게 몹시도 서운했다. 어떻게 나한테 그럴 수가 있는지 아무리 생각해도 이해되지 않았다. 교회를 다녀야 만난다면 나는 교회를 다닐 수도 있었다.

내 안에 버림받은 아이는 어디로 향해야 할지 모를 분노와 그 해결법을 모른 채 겨우 찾은 친구의 얼굴을 가만 반복해서 봤다. 그러다 문득 친구는 내 엄마가 아니라는 생각이 들었다. 그에게 나를 책임지라고 할 수 없었다. 언젠가 친구가 나에게 했던 말이 떠올랐다.

'이제 더 이상 너의 외로움에 동참할 수 없을 것 같다.'

그리운 친구에게 마지막 편지를 써 본다.

성경아

부산에는 아침부터 소나기가 한차례 지나갔어. 연일 비 소식인데 네가 사는 무안은 좀 어떠니? 비 피해는 없길 바란다. 너는 잘 살고 있는 것 같더라. 얼굴이 그대로더라고. 나는 네 소식이 늘 궁금해서 생각날 때마다 인터넷에 검색하곤 했어.

얼마 전, 무심히 또 검색하는데 너에 관한 기사가 떴더라고. 엄마에서 선생님으로 인생 2막을 열었다고. 독서 지도 선생님으로 활동한다고. 유튜브에도 인터뷰가 있더라고. 잘 봤어. 아이가 네 명이나 있구나.

부산에 있을 때 둘째까지 얼굴을 봤었는데, 대단하다. 넷이라니…. 아이가 안 생겨서 시험관으로 고생했던 것 생각하면 거짓말 같다. 기사에는 전업주부라고 되어 있긴 했지만, 목사님 사모님으로 할 일이 많았겠지?

짐작하겠지만 나는 한동안 말도 없이 증발하듯 사라져 버린 너에 대한 원망이 컸었어. 어쩜 나한테 그럴 수 있을까. 나는 너에게 무엇이었기에? 내가 너한테는 그렇게 떨쳐 버리고 싶은 사람이었니? 한마디 말도 없이 그렇게 이사하고…. 전화번호도 바꾸고….

너를 찾아 헤매는 마음으로 수없이 많은 꿈을 꾸던 날들을 지나왔어. 나한테 왜 그랬던 걸가…. 내내 생각하다가 SNS를 찾

엄마 찾아 삼만리

으면 있지 않을까 검색해도 나오지 않는 너를 갖가지 상상으로 혼자 해석하며 그리운 마음으로 인터넷 뒤지는 게 습관이 되기도 했었지.

너에 관한 기사와 인터뷰 영상을 보고 나니까 더 화가 났어. 혹시 먼먼 타국으로 전도하러 가서 죽지는 않았겠지, 걱정도 많이 했는데. 대한민국 땅에서 버젓이 잘 살고 있으면서 어떻게 나를 찾지 않은 걸까? 나는 전화번호도 안 바꾸고, 페이스북도 인스타도 다 하는데. 찾으려고 한다면 금방 찾아지는데. 연극부 혜진이도 인스타 디엠으로 연락이 왔더라만….

너는 나에게 마음이 없는 게지. 나를 찾을 마음이 없는 게지. 하긴, 나와 계속 인연을 이어 가고 싶었다면 그렇게 떠나지도 않았겠지. 무슨 사정이 있었으리라 아무리 이해하려 해도 너와 내가 그런 사이였던가 싶어서 너의 그런 행동이 나는 지금도 납득되지 않아. 그래, 나만 너를 애타게 기다리고 있었어.

인제 그만 나도 너를 마음에서 내려놓을게. 잘 살고 있으니 되었다. 늘 건강하렴. 다만, 이 이야기는 꼭 해 주고 싶어.

긴 어둠의 터널 같았던 내 고등학교 시절, 네가 등불처럼 함께 있어 주어서 잘 버텨 지나왔던 것 같아. 고마웠어. 내게 늘 든든한 지원군이던 네가 갑자기 자취를 감추어서 나의 허전함이 이루 말할 수 없었어. 혹시, 네게 의지했던 내가 부담스러웠던 거라면 미안했다고도 전하고 싶네.

우리나라에 무안이라는 곳이 있었다는 사실도 너를 통해 처음 알았다. 무안하네⋯.^^;;

내가 이혼하면 대신 돌봐 주겠다던 우리 아이들은 이제 다 컸어. 어머니나 언니, 석훈이 소식도 궁금하네. 다들 잘 지내겠지. 석훈이는 경매 배운다고 했었는데 지금은 떼부자가 되었는지 모르겠네.

이젠 너를 더 이상 검색하지 않을 거야.

안녕, 나의 오랜 친구.

23년 7월, 한여름의 부산에서

너의 친구였던 옥순주

엄마 찾아 삼만리

엄마 찾기

고3 담임 선생님의 권유로 나는 전대미문 1학기 취업을 하였고 한 해운 회사에 경리로 취직했다. 그곳에서 아르바이트와 회사가 다르다는 것을 엄하게 경험했다. 우리 회사 옆에는 건축 설계 사무실이 두 곳 있었다. 거기에 오래 일한 한 언니는 남다른 아우라를 가지고 있었다. 내가 열아홉이라 언니 눈에는 내가 귀여웠던 모양이다. 언제나 안부를 물어 잘 챙겨 주고 어디를 그렇게 같이 가자고 했다. 언니는 퇴근 후 혼자서 Bar를 운영했었다. 나는 언니네 바에 놀러 가기를 좋아했다. 장사가 안돼서 접을 예정이라고 정리하는 중에도 언니를 따라다녔다. 언니가 주도하여 다른 건축 설계 사무실 언니랑 단합 대회를 한다고 지리산에 1박 2일을 다녀오기도 했다.

내가 보기에 언니는 늘 당당하고 멋있었다. 방송대 국문과도 사실 그때 그 언니가 다녀서 따라 들어가게 된 것인지도 모른다. 언니는 여기저기 갈 때 나를 많이 데려갔고, 나는 그것이 너무나 좋았다. 그런데 어느 날 언니가 가자고 해서 따라간 곳에 언니의 여동생이 액세서리 장사를 하고 있었다. 나는 내가 언니의 유일한 동생인 줄 알았다. 언니에게 동생이 있다는 사실에 배신감을 느꼈다. 그 이후로 언니와의 사이에 거리를 두기 시작했다. 나는 언니에게 유일무이한 존재가 되고 싶었다. 언니에게 나는 특별한 존재인 줄 알았는데 그냥 언니가 심심하니까 데리고 다녔다는 생각이 들었다. 지금 생각해 보면 언니가 이것저것 나의 의견을 묻기도 하고 친구 만날 때도 데리고 갔으니 그냥 심심풀이는 아니었을 텐데 말이다. 하지만 그 여동생의 출현으로 꼭 엄마를 뺏긴 기분이 들었다.

단 하나뿐인, 영원한, 언제나 내 편. 그런 것은 이 세상 어디에도 없었다. 이 사실을 절실하게 느낄 때마다 절망하게 된다. 그래서 친구가 별로 없었는지 모른다. 상처받기 전에 거리 두기를 철저하게 해서. 코로나도 아닌데 거리 두기의 달인이다. 지금은 이 언니가 무척 보고 싶다. 찾을 수 있으면 찾아보고 싶은데, 사실 감쪽같이 이름 생각이 안 난다. 성이 함 씨였다는 것 말고는.

나는 언니들이 참 좋았다. 또 다른 언니가 있었다. 극단 '새벽'에서 만난 이 언니의 본명은 미경인가, 기억나지는 않지만 본명 말고 본인이 새로 지은 이름이 있었다. 새 이름은 박다빈이었다. 많을 다에 가난할 빈자를 써서 많이 가난한 사람이라는 뜻을 가졌다고 했다. 그는 가난하게 살면서 연극을 만들겠다고 했다. 나에게 지긋지긋한 그 가난을 어떻게 이리도 당당히 커밍아웃할 수 있을까?

나는 그가 참 멋있었다. 언제나 흘러내리듯이 입는 옷차림이 근사했고, 아무것도 없는 허허벌판에 홀로 외따로이 서 있는 그의 집이 외로워 보여서 좋았다. 그는 거기서 극단을 운영할 것이라고 토끼장에 있는 토끼에게 풀을 주면서 말했다. 그러려면 컴퓨터가 필요한데, 컴퓨터를 사려면 보증인이 필요하다고 했다. 그리고 직장 다니는 사람이 보증을 서야 한다며 회사와 극단 생활을 동시에 하는 나에게 부탁했다. 거절이 어려운 나는 가난을 등지고 연극하겠다는 그가 한없이 멋있었으므로 응당 보증을 섰다. 그리고 그는 어느 날 컴퓨터와 함께 사라졌다. 보증을 섰던 나는 컴퓨터 대금과 밀린 체납금을 갚아야 했다. 그러지 않아도 가난했던 나는 돈이 많이 없었으므로 제대로 갚지 못해 독촉 전화에 시달려야 했다. 누구한테 상의해야 할지, 어떻게 처리해야 할지 몰랐기에 혼자서 끙끙 앓아야 했다. 오래 끙끙거리며 빚을 다 갚고, 그 뒤로 언니들에게 한눈에 홀딱 반하는 일은 없었다.

나는 나와 관계 맺는 사람들 속에서 끊임없이 엄마를 대신할 대리모들을 찾아 헤맸던 것 같다. 세상 사람들 다 있는 엄마가 나만 없다는 설움은 언제 어디서라도 무조건 내 편이 되어 줄 엄마 같은 존재에 대한 갈증으로 발현됐다.

일상에서 그랬는데, 결혼해서는 어땠겠는가? 나에게 남편은 그냥 남편이 아니었다. 엄마 그 이상의 기대를 가졌는지도 모르겠다. 내 곁을 언제라도 지켜 주겠다고 약속했으니까.

그러나 남편은 번번이 내가 꼭 곁에 있어 주길 바라는 상황에서 문을 닫고 나갔다. 내가 하고 싶은 말을 용기 내어 건네고 싶은 때, 남편은 술에 취해서 내게 등 돌렸다. 그럴 때마다 나는 좌절했고 그런 나의 절망감을 전달하지도 못한 채 켜켜이 쌓여 갔다. 아니, 전달하는 방법을 몰랐던 것인지도 모른다. 늘 캔디처럼 웃으면서 달려야 했던 나는 슬픔을 표현할 방법을 알지 못했다. 나는 바가지를 긁는다거나 잔소리도 할 줄 몰랐다. 말로 표현되지 않은 언어들이 체증처럼 가슴을 답답하게 했다. 나는 계속 혼자라는 생각에 매몰되어 밤새 우는 날이 늘었다.

엄마 찾아 삼만리

4장

나의
페르소나
"별이"

푼크툼

나의 페르소나 "별이"

공벌레

동그란 몸뚱이를 둥글게 궁글리고
이래도 한세상, 저래도 한세상

좁다란 수풀 사이 누군가 나타났다
화들짝 놀란 가슴 똥글똥글 똥글똥글

모난 돌이 정 맞는다, 우야든동 똥글똥글
이래도 어절씨구, 저래도 어절씨구

궁글리며 한세상 살아 내기가
생각보다 쉽지 않아

너는 어찌 그리 잘 살아가누
바라본다, 공벌레

별이의 탄생

2007년부터 연극 강사 일을 시작하면서 어른부터 아이까지 다양한 연령대의 이들과 여러 프로그램으로 수업을 진행하였는데, 잊히지 않는 수업들이 몇몇 있다. 민들레 유치원에서의 연극 수업이 그중 하나다. 14년쯤부터 인연이 닿아서 선생님들과도 수업하고, 아이들과도 다양하게 놀이하듯 연극 만들기를 진행했다. 15년에는 유아들과 공연 만들기 위한 과정들을 1년으로 펼쳐서 계속했다. 공연을 위한 별다른 연습 없이 과정 자체로 공연이 되게끔 진행했던 경험은 아이들도 재미있어했지만 내게도 흥미로운 도전이기도 했다. 원장 선생님의 열린 수업 방식이 아이들과 새로운 도전을 할 수 있도록 방향 잡아 좋은 기회가 되었다.

유치원에서의 수업은 언제나 즐거웠다. 먼저 달려와서 "선생님, 예뻐요!"라고 말해 주는 아이들이 있어서 늘 힘이 났다. 어디가서 예쁘다는 소리를 들어 보겠나. 나의 페르소나인 '별이' 이야기는 바로 이 민들레 유치원 뒷마당 토끼장에서 시작되었다.

나는 늘 혼자인 것들에 마음이 갔다. 둘이 있는 꽃순이, 꽃분이와 대조되게 혼자 있는 토끼 별이에게 내 마음이 닿았다. 왜 혼자인지 물었더니 별이도 원래는 토끼 달이랑 함께였는데 달이가 먼저 하늘나라에 갔다고 한다. 그때 번뜩 떠올랐다. 혼자된 토끼와 혼자라고 느끼는 아이와의 조우, 그것을 동화로 써 봐야겠다고 생각했다. 늘 혼자라고 느꼈던, 일곱 살 나의 이야기를 말이다.

우리를 부산에 버려두고 도망간 엄마는 어쩌다 한 번 간간이 찾아오기는 했었다. 잊힐만하면 어느 날 예고도 없이 불쑥. 그러다 스무 살이 되던 즈음에는 어딘가로 오라고 해서 동생과 함께 갔던 곳이 이모네 집이었던 것 같다. 그때 갑자기 같이 살자고 했다. 그 얘기를 나는 엄마에게 들은 건 아니었다. 엄마는 엄마의 엄마와 엄마의 동생들, 엄마의 조카들이 가득한 그곳에 나를 앉혀 두고 이모의 입을 빌려 그렇게 말했다.

"너희 엄마가 이제 같이 살던 사람하고 헤어져서 혼자 살게 되었으니까 너희들하고 같이 살아도 될 것 같아!"

이건 무슨 말인가? 엄마랑 자식이 같이 살 수 있는 이유가 고작 그것이란 말인가? 지금 생각하면 그 이모도 참 융통성이 없었다. 좀 더 그럴듯한 말로 설득했으면 넘어갔을지도 모르는데, 너무 솔직하게 이기적이었다.

그 자리에서 나는 펑펑 울면서 말했다. 이제 더는 엄마가 필요한 나이가 아니라고. 연로하신 할아버지와 할머니는 내가 부양해야 하는 사람들이라고. 여태껏 키워 놨더니 엄마랑 같이 산다고 나서는 게 말이 되냐고. 나는 그렇게는 못 한다고. 그때 나는 심한 배신감을 느꼈다. 엄마는 온통 엄마의 사람들로 가득하고 안전한 공간에서 살고 있었다. 엄마 곁에는 이렇게 많은 울타리가 있었다. 우리는 나 몰라라 하고 혼자 잘 먹고 잘 살고 있었다. 그리고 엄마는 엄마 입으로 미안하다고 말도 못 하는 비겁한 사람이었으며 미안함을 모르는 사람이었다.

내가 늘 기다리고 애타게 찾던 나만을 위하고 나만을 사랑해 주는 엄마는 더 이상 없다는 것을 그때 알아차렸어야 했다. 늘 방랑하듯 엄마를 기다리는 그 마음이 이 동화를 쓰게 만들었다. 엄마에 대한 아이의 마음을 쓰고 쓰다 보면 나도 엄마의 마음을 알 수 있으려나. 엄마도 엄마니까 엄마의 아이들을 사랑했을 거라는 기대도 함께 담아서.

엄마가 없는 일곱 살 별이. 엄마는 별이 다섯 살에 병을 앓다 죽었다는 설정이었는데 이는 엄마의 의지로 나를 버리지 않았을 거라고, 다 사정이 있어서 그런 거라고 엄마를 이해하고 싶은 마음이 투영된 모양이다.

할머니, 아빠와 살고 있는 외둥이 별이. 동생 없는 외동 설정

은 사랑을 온전히 독차지 하고 싶은 욕심의 발로였다. 한 번도
투정 부려 본 적 없는 내가 별이를 통해서 엄마가 제일 밉다고,
유치원 가기 싫다고 떼쓰는 목소리를 내어 본다.

자신의 감정을 솔직하게 표현할 수 있는 별이는 건강한 아이
다. 그리고 엄마의 사랑을 기억할 수 있는 별이는 따뜻함을 가질
수 있을 게다. 게다가 오롯이 별이 하나만 바라보고 걱정해 주는
할머니가 있으니 그만하면 행복한 아이라는 생각이 들었다.

16년, 예술 치료 그룹 21그램으로 또따또가 3기 입주 작가를
하면서 동화 작가 한아 선생님의 동화 쓰기 프로그램에 참여했
다. 거기서 썼던 동화 〈별이〉 이야기를 완성해 뿌듯한 마음으
로 당당히 부산일보 신춘문예에 응모했었는데 떨어졌다. 한참 또
시간이 흘러 부산 어린이 서점 '책과 아이들'에서 19년에 진행했
던 안미란 선생님과 함께하는 동화 창작 입문반 수업에도 참여
했다. 그렇게 별이 이야기 초고를 다시 여러 번 수정했다.

동화에서 희곡으로 재탄생

안미란 작가님의 수업을 통해 가지치기했지만, 동화가 완성되었다고 자신할 수가 없어서 좀 더 수정해야지 하고 묵혀 두었다. 묵은지가 되어 가고 있었던 별이를 다시 생각해 낸 것은 1인 공연을 만들어 봐야겠다는 고민에서였다.

1인 공연은 1인극과 다르다. 연극의 1인극, 즉 모노드라마는 대본과 연출, 스태프들이 함께 있어서 배우 혼자 무대에 서기는 하나 공연을 혼자 만드는 건 아니다. 반면 1인 공연은 혼자서 대본도 쓰고 연출도 하고 무대도 꾸미는 등 올 스탭의 역할을 대부분 홀로 소화한다. 혼자서 여러 역할을 하기 위해서 때론 다양한 오브제가 등장하기도, 인형이 등장하기도 한다.

〈별이 별이〉 1인극에 등장하는 손 인형들의 기원도 나름 역사가 있다. 16년에 나무닭연구소에서 하는 인형 엄마 엄정애 선생님의 인형극 워크숍 개최 소식을 듣게 되었다. 그때 아직 어렸던 딸과 함께 일주일의 일정을 청주에서 보냈다. 엄정애 선생님께 배운 토끼 지관 인형으로 현재 유튜브 채널을 운영하고도 있다. 의도한 것은 아니었지만 춘천인형극제에서 진행했던 영상 언어 워크숍에서 나를 표현할 오브제를 가져오라고 했을 때 무심히 그 토끼 인형을 들고 갔던 게 그쪽으로 흘러갔다. 토끼 인형의 이름은 두몽이다. 두 가지를 꿈꾼다는 뜻이다. 그중 하나는 생의 마지막 직업으로 작가가 되는 것인데 여기저기 헤매느라 당최 가만히 앉아서 글 쓸 시간이 없었다. 글을 써야 작가가 될 거 아닌가? 한곳에 진득하게 머무르지 못하는 토끼가, 어디로 튈지 모르는 토끼가 나 같기도 했다.

엄정애 선생님 워크숍 참여 이후로 내가 진행하는 연극 프로그램에는 휴지 심 인형 만들기가 자주 등장했다. 엄마 예술단 '그림책과 딩굴딩굴'은 부산문화재단 지역 특성화 문화 예술 교육지원 사업으로 인형극 만들기 프로그램을 기획, 공모해서 진행했다. 첫해는 그림자극을 다 함께 만들어서 한 편의 공연을 했고, 두 번째 해에는 그림책을 테이블 인형극으로 만들어 보았는데 참여자 각자가 원하는 그림책을 선정하고 다양한 오브제를 인형화해서 1인 공연으로 만들었다. 이때 만든 공연으로 참여자들이 인근 유치원, 어린이집, 작은 도서관을 순회하며 공연도 하였다.

코로나로 인한 휴지기에 나도 1인 공연을 만들어 봐야겠다고 마음만 먹고는 딱히 어떤 걸 작업하면 좋을지 떠오르지 않았다.

그러다가 페이스북을 통해서 엄정애 선생님의 인형 전시가 광주에서 열린다는 사실을 알게 되었다. 무작정 광주로 가서 선생님의 인형을 살펴보니 자연스럽게 묻혀 있던 별이가 생각났다. 〈별이별이〉 동화를 희곡으로 각색하면 되겠다 싶었다. 그것으로 테이블 인형극을 만든다면 충분히 심폐 소생술로 살려 낼 수 있을 듯했다.

그렇게 마음먹은 것도 잠시였다. 마감이 와야 움직이는 벼락치기의 대가, 지각의 화신인 내가 혼자서 아무런 동력 없이 움직일 리가 없지 않은가? 마음만 먹고 그냥저냥 시간이 지나가고 있을 때 진주 극단 현장의 황윤희 선생님이 놀이하는 이모네에서 1인 공연 워크숍을 개최한다는 소식을 접했다. "저요, 저요!"하고 두 손을 높이 들어 참여하게 되었다. 이번 워크숍에는 10명의 1인 공연자들이 모여서 각자의 이야기로 1인 공연을 만들고 공연 발표하는 순서였다. 윤희 선생님은 우리들의 길잡이가 되어 주셨다. 잘 이끌어 주신 윤희 선생님께 이 자리를 빌려 다시 한번 감사의 말씀을 드리고 싶다.

처음에는 사실, 팝업북으로 공연을 만들어 보고 싶어서 팝업북 워크숍에 참석하기도 했고, 팝업북 공연들이 멋있기도 하여 욕심이 났다. 마감 시간은 다가오는데 팝업북 진행은 생각만큼 쉽지 않았다. 이상과 현실의 거리가 커서 결국 할 수 있는 것

나의 페르소나 "별이"

을 해 보기로 결정했다.

생각처럼 동화를 1인 공연으로 각색하기란 쉽지 않았다. 이리저리 표현해 보고 싶은 게 많아서 동화와는 다른 방향으로 각색되었다. 답답해하는 나를 보고 윤회 선생님이 동화를 한번 보자고 하셔서 드렸더니 동화 속에 답이 있다며 이를 그대로 표현하자고 제안해 주셨다. 무대 위에서 연극만이 표현해 줄 부분이 있을 거라 생각하고 계속 다른 것들을 찾았던 나에게 번쩍 답이 내려왔다.

동화를 그대로 각색해 가장 많이 달라진 지점이라면 바로 마지막 장이다. 죽은 엄마와 조우하는 별이의 장면. 이 장면을 연극적으로 환상적이게 보여 주고 싶어 고민하다가 생각해 낸 것이 엄마의 탈을 쓰고 손 인형 별이를 안아 주는 연출이었다. 처음 연습할 때는 주변에 있는 탈을 이용했다.

연습하면서 촬영하니 작은 손 인형을 크게 안아 주는 느낌이 들려면 실제 크기보다 큰 얼굴 탈이 필요하다고 느꼈다. 그렇지만 마음에 쏙 드는 적당한 탈을 주변에서 찾아볼 수가 없었다. 1인 공연의 특성에 맞는 휴대하기 편하고 가벼운, 쉽게 쓰고 벗을 수 있게끔 제작하고 싶었다. 이리저리 궁리하다가 아도 공간을 운영하는 도예가 문봉규 선생님을 찾아가서 상의 드렸더니 흔쾌히 찰흙으로 얼굴을 빚어 주셨다. 그 뒤에 커다란 찰흙 얼굴 위로 소포지를 붙여 크고 가벼운 종이탈을 완성했고 덕분에 공연의 마지막을 잘 장식할 수 있었다. 이 장면에서의 엄마 목소리는 따로 녹음 후 에코를 넣어서 울림을 주었다. 전체 무대에서 음향이 들어가는 부분은 이거 딱 하나였다. 집중도 있게 갈무리가 잘 되길 바랐다.

무대 배경으로는 아이들이 배달시켜 먹고 버린 삼첩분식 통을 재활용하여 민들레 유치원을 만들었다. 아크릴 물감으로 나무 한 그루 심는 일이 이렇게 힘들 줄이야. 이 땅의 모든 수공예품은 응당 그 값을 치러야 한다는 생각이 들었다. 상자 안을 유치원 현관처럼 꾸미기 위해 아크릴 물감으로 색칠하는 일도 쉽지는 않았다. 참, 세상에 쉬운 일은 하나도 없다. 화가들은 참으로 위대하다. 붓질 몇 번으로 뚝딱뚝딱 어쩜 그리 멋진 그림을 그려들 내시는지 새삼 다시 한번 감탄하게 되었다. 이제 그림 전시를 가면 색 조합 하나만으로도 손뼉을 칠 준비가 되었다. 따지고 보면 5년이나 걸린, 지난한 과정을 거쳐서 공연하게 된 〈별이 별이〉를 이렇게 정리하니 감회가 새롭다. 혼자 하는 작업이긴 했지만 혼자서 여기까지 온 것은 아니었다. 별이의 이야기가 동화로 시작해서 희곡으로 이어지고 공연화되기까지 여정을 함께 해 준 여러분 모두에게도 감사의 인사를 전하고 싶어진다. 그래, 세상살이가 어디 혼자만의 힘으로 살아지던가.

나의 페르소나 "별이"

1인 공연 만들기 워크숍은 이틀간의 발표회로 마무리되었다. 함께 공연한 아홉 명의 공연자 각자의 삶에 대한 이야기가 공연화되는 과정을 지켜보는 일은 재미있었다. 개인의 서사가 가지는 진정성이 그대로 감동이 된다는 사실도 목도할 수 있었다. 솔직하게 자신의 삶을 드러내어 보여 준 공연자들에게 저절로 박수가 나왔다.

　　1인 공연 프로젝트 '너를 보여 줘'는 내가 살아온 삶의 이야기, 내가 느꼈던 상처들, 통증들을 여과 없이 나타내는 것도 충분히 예술이 된다는 사실을 10편의 공연으로 보여 주었다. 그런데 이상하게 다른 사람의 공연은 본인들을 다 보여 준 것 같은데 유독 내 공연은 뭔가 덜 보여 준 느낌이 들었다. 분명 내 삶을 은유한 것인데, 그게 무엇인지는 모르겠지만 개운하지 않았다. 후에 〈별이 별이〉 공연을 몇 번 더 하면서 그 원인을 찾아낼 수 있었다.

5장

울타리

내면의 창

말을 그렇게 돌 던지듯 때려 치면 죽어

네 생각만 가득해서 던진 돌덩이에

뒤통수를 쎄리 맞고 나니

피가 철철 난다

이러다가 죽을지도 몰라

할머니

　사실, 우리 할머니에게 1순위는 내가 아니었다. 뜨거운 물에 데어 다리에 화상을 입은 막내아들인 삼촌이 1순위거나, 아니면 할머니 표현을 그대로 빌려 '백일 때 엄마한테서 떨어져 젖도 한 번 못 얻어먹은 불쌍하고 불쌍한 아가'인 남동생이 1순위? 그도 아니면 성질나서 툭하고 밥상을 엎는 구두쇠 할아버지가 1순위? 아무튼 이들 모두를 신경 쓰느라 나는 늘 뒷전이었다. 늘 사랑받지 못한다고 느꼈던 나는 사춘기를 지날 즈음에 할머니한테 "내가 눈에는 보이냐?"라고 빈정거리기도 했었다. 집에서는 마음 붙일 곳이 없던 나는 친구 찾기에 바빴다.

　할머니는 간암 말기 합병증으로 여든셋에 돌아가셨다. 내가 둘째를 임신했을 무렵부터 아프기 시작하셨기에 부른 배를 안고 병실을 찾아갔다. 누워계신 할머니의 손을 보고 펑펑 울었다. 고무장갑같이 퉁퉁 부은 손을 하고 있던 할머니가 그 손으로 내 배를 만지며 말했다.

"아이고, 애기가 애를 낳아서 우짜노. 우리 순주……."

그렇게 말해 줄 수 있는 사람이 온 세상을 통틀어 우리 할머니밖에 없었다는 사실을 그때는 몰랐다.

아이를 낳아 키우며 엄마가 되어 보니 할머니의 그 고무장갑 같은 손이 그리웠다. 첫째 아이를 진통만 18시간 하고 아두 골반으로 제왕 절개 해야 했던지라 둘째도 제왕 절개로 낳고 일주일간 입원했다. 첫 아이 때는 남편이 나를 살뜰하게 챙겨 줬다. 그러나 둘째 때는 나를 간병해 줄 사람이 아무도 없었다. 낮에는 24개월 된 첫째를 시어머니께서 봐 주시고, 남편은 낮에 일하고 밤에는 큰아이를 돌봤다. 나는 운신하지 못하는 몸을 이끌고 혼자서 나를 돌봐야 했다. 7인 병실에서 혼자인 산모는 나밖에 없었다. 다들 친정엄마가 와서 챙겨 주고 있었다. 하혈이 많아서 패드를 갈아야 하는데 움직여지지 않는 몸으로 혼자 생리 패드를 갈던 날은 몸살이 왔는지 열이 많이 났다. 링거를 꽂으러 왔던 초보 간호사는 연신 혈관을 찾지 못했다. 계속 실수를 해 대니 너무 아팠다. 눈물이 쏟아졌다. 미안하다고, 많이 아프냐고 묻는 그에게 나는 그만 너무 외로워서 우는 거라고 말해 버렸다.

엄마는 다 크면 필요 없을 줄 알았는데 아이를 낳을 때조차 나를 돌봐 줄 엄마가 필요함을 절실히 알았다. 서럽고 서러워서 우는 나를 보고 간호사가 어쩔 줄 몰라 하며 '생리 패드 가실 때 혼자서 힘드시니까 부르면 도와 드리겠다.'라고 했다. 도움을 잘 요청하지 못하는 나는 간호사를 부르지 못하고 혼자서 또 용을 쓰다 열이 났다. 그 일 이후로 간호사들이 알아서 친절하게 나를 도와주어 고마웠다.

나만 사랑받지 못했다고 늘 억울하게 느꼈다. 할머니가 돌아가시고 한참이 지나고서도 할머니가 나를 사랑했던 증거는 찾을 수 없었다. 그래서 사실 별로 슬프지도 않았다.

어느 날 뷔페에서 밥 먹다가 송편을 보자 어디 뷔페나 잔칫집만 가면 봉지에 송편을 꿍쳐서 먹으라고 갖다주시던 할머니가 떠올랐다. 한창 어릴 적, 시장을 지나가다가 홍시가 먹고 싶다고 떼를 쓴 적이 있었다. 500원으로 홍시 한 개를 사서 당신은 먹지 않고 나만 먹으라고 쥐여 주셨던 게 생각났다. 할머니도 사는 게 참 팍팍하고 고단했을 텐데, 어디 나만 사랑해 준다고 어화둥둥 할 수 있었을까. 할머니도 최선의 방식으로 표현했으나 내게는 충족되지 않았음을 알아챘다. 알고 나니까 그제야 할머니가 그리워졌다. 뒤늦은 깨달음에 눈물이 한 움큼씩 났다.

그래서 〈별이 별이〉를 두어 번 공연하고 대본을 수정했다. 엄마가 등장해서 별이를 달래 주던 장면을 빼고 할머니가 등장해서 별이를 업어 주는 것으로. 그러고 나니 훨씬 내 삶과 밀착되고 진정성이 느껴지는 듯했다.

별이가 마구마구 투정을 부려도 다 받아 주는 할머니. 할머니의 등에 기대어 편안하게 잠이 드는 별이가 부럽다.

가족

할아버지는 내가 막 건설 회사에 취직하고 얼마 있지 않아 돌아가셨다. 20대 초반이었던 듯하다. 할아버지가 돌아가시기 전날 밤에는 할아버지의 등을 보고 왠지 어깨를 주물러 드리고 싶다는 생각이 불쑥 들었다. 평소 우리는 데면데면한 사이였으므로 불쑥 든 생각에 속으로 내가 미쳤나 보다 했다. 다음 날 회사에서 부고 소식을 듣고 주물러 드릴 걸 그랬나 하는 생각이 들었을 뿐 슬프지는 않았다. 아프지 않으시고 주무시다가 돌아가셔서 다들 호상이라고 했다.

할아버지의 장례식장에 아버지가 실로 오랜만에 등장했다. 초등학교 3학년 때쯤 잠시 본 이래로 두 번째인가 세 번째인가, 십 년 만인지도 모르겠다. 웃기게도 웬 여자를 데려왔고, 여자는 오자마자 기침을 하며 감기에 걸린 것 같다는 둥 무슨 말 같지 않은 소리를 해 댔다. 아버지는 가족실에서 쉬고 있는 모두를 쫓아내고 여자더러 와서는 누워서 편히 쉬라며 본인은 상주 노릇을 했다.

울타리

불청객은 또 있었다. 열두 살의 나를 상습 성폭행했던 작은 할아버지, 그 인간도 아들을 데리고 뻔뻔하게 나타났다. 그 인간과 마주 앉아 웃고 있는 아버지라는 인간을 보자 나는 폭풍처럼 눈물이 나기 시작했다. 이웃집 과부가 울 자리를 찾아든 마냥 평평 울었다. 정말 목 놓아 꺼이꺼이 울었다. 할아버지가 돌아가셔서 슬픈 게 아니라 내 인생이 슬퍼서, 어디에다 얘기할 곳도 없고 들어 줄 사람도 없는 내 인생이 하도 슬퍼서 평평 울었다. 죽은 할아버지가 벌떡 일어나 나한테 그랬던 것처럼 저들의 밥상을 엎었으면 했다. 아무리 둘러봐도 세상 그 어디에도 내 편이 없었다. 게다가 내 눈에는 언제부터 지가 아들이고 아비였다고, 상주 노릇을 한다고 완장 차고 돌아다니는 꼴이 같잖았다. 할아버지 뼈를 뿌리러 갈 때는 지가 뭐라고 나더러 오지 마라는데 웃기지도 않았다. 나는 입을 앙다물고 국으로 쫓아갔다. 내뱉지 못한 속엣말로 이를 갈았다. '네가 없는 자리에 내가 가장이었다고! 이 무책임한 인간아!'

그때 완장질 하던 아비는 할아버지의 장례식 이후 또다시 연락 두절되었다. 그 뒤로도 오랫동안 아버지란 인간의 소식은 들을 수가 없었다. 할머니가 돌아가셨을 때는 아예 오지도 않았다. 사우디에 가 있다는 얘기를 어디서 들은 것 같다고 고모가 말했었다. 할머니의 장례식이 끝날 무렵, 작은 고모부가 뜬금없이 나를 앉혀 놓고 할 얘기가 있다고 했다. 큰고모 내외와 작은고모 내외를 대표해서 하는 말인 듯했다.

"우리의 인연은 할머니가 살아 계실 때까지다. 너희들하고 이 제 연락할 일이 없을 거다. 앞으로는 너희 남매 둘이 알아서 잘 살아가라."

너무나 사근사근하고 따뜻한 말투로 웃으며 절교를 선언하는 작은 고모부의 얼굴을 보며 어이가 없었다. 친척이라고 해 봐야 몇 없는 우리에게 연락되는 어른이라고는 겨우 큰고모, 작은고모 인데 아주 인연을 끊자 시니. 그간 살갑게 챙겨 주지도 않았으면 서 우리가 뭘 얼마나 짐이 된다고. 세상이 냉정하다는 것을 다시 한번 실감했다.

할아버지, 할머니가 돌아가신 이후로 우리 남매는 고아 된 심 정으로 살았다. 남동생 결혼식 때는 남편과 내가 혼주로 앉았고 일가친척 중 그 누구도 부를 사람이 없었다. 동생이 불쌍해서 나 는 또 내내 눈물이 났다.

몇 년 전에 인천 경찰서에서 전화가 왔었다. 아버지 이름을 대며 연락되냐고 물었다. 사기 건으로 고소되어 있다고 했다. 형 사님에게 우리 아버지가 아직 멀쩡히 살고 있다는 소식을 전해 주어 고맙다는 말 말고 할 말이 없었다. 그 이름을 20여 년 만에 들어 본다고, 죽은 줄 알았다고 했더니 외려 미안하다며 전화를 끊었다. 남동생한테 이 이야기를 전했더니 얼마 전에 페이스북 친구 신청을 했더란다. 참나, 생전 소식 한번 없다가 아들한테 페북으로 친구 신청을 하다니. 이런 사람이 다 있구나, 참 신기했다. 검색해서 들어가니 어쩜 할아버지랑 똑같이 생긴 사람이 있었다. 두바이 무슨 회사 CEO라는 단어가 박혀 있었다. 어디서 또 완장 차고 돌아다니나 보다.

그리고 삼촌이 있었다. 할머니가 당신 때문에 다리를 데어서 저렇게 됐다고 애지중지하던, 진짜 살짝 다리를 절어서 장애 등급도 안 나오는 사람. 그럼에도 본인이 장애인이라고 우기면서 백수 짓 하던 할머니의 막내아들. 알기로는 전에는 일했다고 들었다. 내가 초등학교 3, 4학년 때쯤부터 불쑥 나타나서 계속 함께 살던 삼촌은 할머니가 돌아가실 때까지 단 한 번도 돈을 벌지 않았다. 나는 늘 알바하느라 쎄가 빠졌는데 말이다. 내 보기에 사지 멀쩡해서 무슨 일이라도 할 수 있을 듯한데도 놀고먹는 삼촌이 좋을 리가 없었다. 게다가 나와 동생, 삼촌 이렇게 한방을 써서 싫기도 했다.

결정적으로 일하지 않는 삼촌을 경멸하게 된 계기가 있었다. 바로 전화 때문이었다. 그 시절 집 전화를 놓으려면 보증금이 필요했다. 여고생이라면 한창 친구들과 수다 떨고 싶은 나이 아닌

가. 삐삐를 하던 시절이라 음성 메시지도 들어야 하고, 녹음도 해야 하는데 가난한 우리 집에서 전화를 놓을 리가 없으니 애가 탔다. 결국 내가 알바를 해서 전화국에 보증금 20만 원을 넣고 전화를 놓았다. 그런데 몇 달 지나면 전화가 끊겨 있었다. 전화국에 전화를 걸어 확인하니 누가 보증금을 빼갔다는 것이다. 도대체 누가 그렇게 사악한 짓을 하는 것인가 분개하였다. 범인은 삼촌이었다. 그 돈으로 당신 몸보신을 위해서 스쿠알렌을 사 드셨다. 그 뒤로 서너 번 집 전화를 다시 놓고 끊기를 반복하다가 나는 두 손을 들었다. 보증금을 빼서 술 마시는 걸 보고 있자니 할 말이 없었다. 그래서 나는 고등학교 졸업 앨범 뒤 주소록에 전화번호가 없는 유일한 사람이 되었고, 그것이 꼭 가난의 증거 같아서 쪽팔렸다.

불현듯 스치는 생각 하나. 설마 그들은 삼촌이 우리한테 짐이 될까 봐 염려되어서 인연을 끊자고 했던 것일까?

6장

연극에서
심리극까지

물의 나이테

연극에서 심리극까지

나이테

뜨거운 여름에는 바람 한 점 없더니
갑자기 몰아친 태풍을 만났어
몸을 못 가누게 휘몰아치는 바람
그 한가운데서 정신을 차리려고
똑바로 서서 온몸에 힘을 주어 본다
잔뜩 긴장된 시간을 한참

태풍도 그렇게 지나가는구나

문득 가을인가 보다
바람이 서늘해졌다
여름이 이렇게 금세 사라지다니
바람의 방향이 바뀌니까
계절이 지나가는 것을 알게 된다

사이코드라마와의 만남

2007년부터 '연극으로 함께하는 독서 지도'라는 프로그램으로 강사 일을 시작했지만, 프리랜서로 일자리 구하기는 쉽지 않았다. 연극으로 교육적 확장을 위해 2년 정도 서울을 왔다 갔다 하며 교육 연극 지도사 자격증을 땄다. 2012년부터 집 근처 덕포 시장에서 마음 맞는 분들과 만나서 '함께 사는 문화마을 공동체'라는 비영리 법인을 만들어서 문화 예술 교육 프로그램 공모 사업을 시작하기도 했다. 한국 문화 예술 교육 진흥원(아르떼)이라는 곳에서는 7개 분야의 예술 강사를 선발해서 학교로 파견 보내는 사업을 진행하고 있다. 2014년에는 9:1의 경쟁률을 뚫고 부산에서 아르떼 학교 예술 강사를 시작했다. 그렇게 연극으로 또 무엇을 할 수 있을까 하다가 사이코드라마를 알게 되었다.

사이코드라마는 1936년 모레노(J.L.Moreno)가 제안한 기법으로 인간의 심리를 탐색하기 위한 대인 집단 접근법이다. 이 기법은 자신의 갈등 상황을 단순히 말로 설명하는 게 아닌 연기로

연극에서 심리극까지

표현함으로써 자신이 가진 문제의 심리적 차원을 탐구한다. 자신의 현실, 좌절당한 상황, 소망 등 자신이 직면하는 문제를 연기로 표현하는 과정을 통해 내재된 자신의 감정, 무의식적 충동 등을 깨닫고 현재 문제와 관련된 환상이나 기억을 찾아낸다. 이렇게 하면 현재 문제를 해결하기 위한 여러 대안을 모색하고, 보다 건강한 방식으로 적응해 나간다.

사이코드라마에서 개인은 자신의 갈등에 관한 정서적인 문제를 해결하기 위해 연기한다는 점에서 주인공 중심적이다. 극은 주인공의 삶을 중심으로 그의 과거, 현재, 미래를 이동하며 삶의 여러 측면을 탐색하게 된다. 모레노는 사이코드라마가 드라마 기법을 이용하여 '진실'을 탐구하는 과학이라고 했다. 이는 언어에 의한 정신의 탐구가 아니라 집단적 접근을 통한 몸과 행위에 따른 인간과 인간 정신 및 삶의 탐구로서, 자발성과 창조성의 철학을 바탕으로 한 우리 삶의 실천적 학문이라고 할 수 있다. 사이코드라마는 정신 분석의 영향을 받았지만, 그와는 달리 쌍방향의 관계성을 가지는 방법을 이용한다. 다시 말해 사이코드라마는 지금, 여기에서 일어나고 있는 인간관계의 상호 작용을 중시하는 집단 심리 치료법이다.[*]

부산에서 접할 수 있는 곳을 검색하니 '비움과 채움'이라는

---

[*] <네이버 지식백과 - 상담학 사전>

곳의 김헌성 선생님이 나왔다. 당장 참여할 수 있는 프로그램이 매월 진행하는 월례회였고 이를 계기로 사이코드라마 소시오드라마 학회에 가입했다. 그것이 2015년이었다. 학회의 학술 대회를 찾아다니면서 사이코드라마와 소시오드라마를 접했고, 이를 통한 심리적 치유 방법에 대하여 더 관심을 가지게 되었다. 이후 상담하시는 선생님들과 예술 심리 교육연구회 활동을 하면서 예술이라는 매체가 가진 심리 치유적 작용에 대한 여러 가지 실험을 해 볼 수 있었다. 사이코드라마에 매번 주인공으로 참여하는 이들을 보면서 한 번 받은 상처는, 특히 유년 시절의 깊은 상처는 쉽게 아물지도 않을뿐더러 잘 치유되지도 않는 것 같았다.

그래도 그렇지 이렇게나 변하지 않는다고 의문이 들었던 사례가 있었다. 15년에 비움 채움 공간에서 주인공을 했던 분이 19년이 되어 주인공을 했는데 똑같은 이슈와 똑같은 감정을 호소하는 드라마를 목격했다. 그동안 그분은 제법 여러 번 드라마 주인공을 해 왔었다. 사이코드라마 안에서 바타카를 치며 소리 지르고 울고 불고를 몇 해씩이나 했음에도 여전하다니. 왠지 사이코드라마 안에서의 그 모든 행위가 그저 연극일 뿐인가 싶은 생각마저 들었다. 5년이나 지났는데도 똑같다면 이러한 감정적 카타르시스 발산만이 긍정적일까? 무얼 더 해야 통찰과 변화로 이어질 수 있을까? 계속되는 의문을 해소하기 위해 더 공부하는 수

밖에 없다는 생각이 들기도 했다. 이즈음에 우연히 상담하시는 동료 선생님께서 인지 정서 행동치료를 기반으로 한 심리극을 진행하는 선생님을 소개해 주었다. 그는 마인드온 심리 상담센터를 운영하시는 배지석 소장님이셨다. 코로나를 맞이하면서 배지석 소장님과 함께 줌을 활용한 심리극 공부를 1년 동안 했다. 친절하고 다정한 안내로 인지 정서 행동치료가 어떤 것인지, 이를 기반으로 심리극을 진행하는 일은 어떤 건지 맛보게 되었다. 자신의 상태를 메타 인지적으로 자각하고 이를 수정하려는 노력이 없다면 변할 수 없겠다 싶었다. 공부는 재미있었고 좀 더 빠져들고 싶다는 생각이 들었다. 배지석 소장님께서는 당신의 스승이신 박희석 소장님께 심리극 수련을 받길 권하셨고, 광주까지 왔다 갔다 하는 비용과 시간, 체력이 염려되었으나 고민 끝에 그러기로 하였다.

사이코드라마 소시오드라마 학회는 작년에 돌아가신 최헌진 선생님께서 만드셨는데, 정신과 의사셨던 선생님은 해외에서 사이코드라마를 접하시고 우리나라에 들여오셨다. 그러나 선생님께서는 한국적 사이코드라마를 만들고 싶으셨던 듯하다. 뜻하는 바를 가지시고 당신이 만드신 학회를 나와 최헌진 생명굿연구소를 만드셨다. 굿이라는 형태가 동양의 사이코드라마와 다르지 않다고 생각하신 선생님은 생명굿의 방식으로 사이코드라마를 진행하셨다. 때로는 술도 마시고 때로는 무당처럼 신을 받은 듯도 하셨으며 북과 장구, 제단 등을 만들어 선생님만의 사이코드라마가 탄생하였다.

마음숲 심리 상담센터의 박희석 소장님은 그런 최헌진 선생님의 1대 제자셨고 소장님께서도 사이코드라마의 다른 방향성을 모색하시며 학회를 나와 심리극 역할극 학회를 만드셨다.

22년 7월에는 심리극 역할극 학회에서 〈최헌진의 심리극 세계, 그리고 심리극의 특징〉이라는 주제로 학술 대회가 있었다. 사이코드라마 학회에서 주최했던 학술 대회에서 여러 차례 최헌진 선생님의 심리극 진행을 봐 왔고 생명굿 현장에서도 여러 번 뵈었다. 그때마다 선생님께서는 늘 카리스마 넘치셨다. 선생님께서 진행하는 심리극은 감히 아무도 흉내 내지 못할 거라는 생각이 늘 들었다. 학술 대회 현장에서 선생님을 두근거리는 마음으로 기다리고 있었는데 선생님께서 몸이 좋지 않으셔서 줌으로 만날 수밖에 없다고 했다. 대형 화면으로 비친 선생님은 예전의 그 카리스마 있는 선생님이 아니셨다. 목소리도 작고, 말도 알아듣기 어려웠다. 인터넷 연결이 고르지 않아서 더 그랬는지 모르겠다. 그러나 학술 대회 현장에는 선생님의 수많은 제자가 선생님을 바라보고 있었다. 선생님을 부르며 눈물짓는 장면, 스승과 제자들의 만남은 그것만으로도 충분히 감동적인 역사의 한 장면이었다.

연극에서 심리극까지

그로부터 얼마 지나지 않아서 최헌진 선생님의 타계 소식을 들었다. 사이코드라마를 우리나라에 정착할 수 있도록 애써 주신 선생님께 감사하다는 마음이 들었다.

심리극으로 만난 감사함

나는 수시로 외로움과 쓸쓸함을 만났고, 세상으로부터 소외되고 버려진 느낌이 강했다. 유독 나에게만 기준이 높아서 들어가기 힘든 벽들이 가득하다고 느꼈다. 불안이 높았고, 그럴 때면 어떻게 해야 할지 몰랐다. 그래서 나는 내 마음을 진정시키려고 수없이 많은 심리학 서적을 읽었다. 아이들을 육아할 때는 사랑하는 방법을 몰라서 책으로 배워야 했다. 부모 없이 자란 설움이 내 아이들만큼은 잘 키우고 싶다는 동력이 되어서 열심히, 최선을 다하려고 노력했다.

방황하는 내 마음에 이유 찾기를 습관적으로 해 오면서 나름 나의 마음을 잘 들여다보고 통찰한다고 생각했지만, 세상으로부터 소외당하는 기분은 좀처럼 나아지지 않았다. 수없이 많은 사람을 만나 같이 있어도 그 누구와도 마음을 나누는 기분이 들지 않았다. 나의 외로움은 갈수록 깊어졌고, 어느 날은 문득 사라지고 싶었다. 책 〈환상의 빛〉에 나오는 주인공들처럼 어떤 징후조차 남기지 않은 채 소리 소문도 없이 죽고 싶었다. 이런 흔들리는 마음을 어떻게든 잡을 수 있을까 기대하며 밖으로 돌기 시작했다.

　예술이라는 매체 자체가 가지고 있는 고유의 치유 특성이 있지만, 연극만큼 그 기능이 강한 것이 있을까 싶은 생각이 든다. 다행히도 나는 연극 안에서 나의 존재를 진정시키며 살아왔다. 연극 강사를 하면서 이런 연극의 치유적 특성을 살려 프로그램화하면 좋을 듯해 다양한 공부를 했다. 앞서 언급했던 교육 연극 지도사 자격증은 물론이고 교류분석 자격증도 땄으며, 대안 교사 양성 과정도 1년간 수료 후 연극 치료, 표현 예술 치료는 어떤가 궁금하여 구경하듯 다니기도 했다. 아르떼에서 진행하는 다양한 연수도 빼먹지 않고 두루 참석해 무엇이든 배우려고 노력했다. 방송대 교육학과도 편입하여 평생 교육 자격증도 땄다. 거기 더해 22년부터는 부산에서 광주까지 왕복 7시간씩 고속버스를 타고 마음숲 심리 상담센터 소장님이신 박희석 선생님께 심리극 330시간 수련을 받았다. 100시간의 학술 활동과 필기, 실기 시험을 치고 드디어 23년에 심리극 역할극 전문상담사 2급 자격증을 취득했다.

　심리극 수련 과정에서는 반드시 주인공을 경험해야 한다. 내가 주인공이 되어 나의 이야기를 연극으로 재현하는 일이다. 그때는 하지 못했던 미해결 과제를 잉여 현실 속에서 새롭게 시도 하고 원하는 방향으로 바꿔 재현한다. 그 속에서 상황을 바라보고 역할을 바꾸는 과정에서 치유와 통찰이 일어난다. 수련생들은 소장님이 디렉터가 되어 진행하는 드라마에서 먼저 주인공이 되어 보고 난 이후 디렉터가 된다.

심리극에는 연극에서의 관객 역할을 하는 집단과 주인공의 이중자아 역할 및 주변 인물을 재현해 줄 보조자아, 전체를 이끌 연출자이자 분석가, 상담자인 디렉터, 그리고 무대가 필요하다. 디렉터가 내담자인 주인공의 이야기를 듣고 보조자아와 관객인 집단의 힘을 받아서 함께 전체 무대를 진행한다. 심리극이 진행되면 함께하는 모두가 울고 웃고 그 시간을 공유하는 것이다. 때로 주인공은 직면하고 싶지 않은 나를 만나야 하거나 보여 주고 싶지 않은 나의 내밀한 모습을 보여 주어 목욕탕에서 혼자 벌거벗은 기분이 들기에 많은 용기가 필요하다. 한꺼번에 다양한 감정을 표출하기에 심리극이 끝나면 몸살을 앓기도 한다.

심리극은 웜업과 본극, 나누기의 세 단계로 이루어진다. 작년 12월, 디렉팅 페스티벌의 심리극에서 한 디렉터가 웜업으로 참여자들에게 눈 감고 그동안 나의 삶에서 감사했던 사람들을 한 명씩 떠올려 보라고 하였다. 그리고 감사하다는 말을 못 했다면 오늘의 심리극에서 한번 경험하자고 제안했다. 심리극 주인공을 한번 하면 울고불고하는 과정에서 온몸에 진이 다 빠진다. 나는 오늘만큼은 에너지를 쓰고 싶지 않아서 주인공은 회피하고 싶었다. 그런데 문득 할머니가 떠올랐다. 할머니가 살아 계실 때 단한 번도 감사하다는 말을 하지 못했던 게 떠오르자 오늘의 주인공은 내가 해야겠다는 마음이 자연스럽게 생겼다. 내내 마음에 걸렸던 장면을 하나 상기했고 심리극 재현 안에서 그 장면을 만들었다.

나는 자라면서 끊임없이 돈을 갖다 바쳐야 하는 친정이 빚쟁이 같아서 진절머리가 났었고, 내내 착취당하는 기분이 들었다. 할머니는 결혼한 내게 전화로 의료 보험료가 밀려서 아파도 병원에 갈 수 없다는 하소연을 했었다. 단돈 500만 원으로 결혼하고 단칸방에 살고 있던 나는 없는 돈을 탈탈 털어서 밀린 의료 보험료로 대략 100만 원을 납부해 드렸다.

납부 영수증을 드려야 되는데 그놈의 지긋지긋한 동네, 신평에 들어가기가 싫었다. 막 임신해서 입덧이 심하다는 핑계로 우리 집과 신평의 중간 지점인 하단에서 할머니께 만나자고 했다. 할머니를 버스 정류장 앞에서 만나 영수증을 쥐어 드리고는 얼른 헤어지려고 했다. 미안한 할머니는 밥을 사 주시겠다고 하셨다. 그런 할머니도 지긋지긋했다. 한사코 밥을 사 주시겠다는 할머니를 그냥 택시 태워서 보내고 나는 버스를 타고 돌아왔다. 그러고 얼마 안 있어 할머니는 간암에 걸리셨다. 아프시기 전에 밥

한 끼 같이 따숩게 먹었으면 좋았을 텐데. 나는 못내 그 장면을 생각하면 후회가 되었다. 그때 그냥 같이 밥을 먹었으면 좋았을 텐데, 왜 그리 모질게 할머니 등을 떠밀어 보냈을까.

심리극 장면 안에서 나는 할머니와 다시 만나서 맛있게 밥을 먹고, 할머니 다리에 누워 응석도 부리면서 사랑을 담뿍 받으며 그동안 못 했던 한마디를 건넸다.

"할머니, 그동안 키워 주셔서 너무너무 감사합니다."

펑펑 울며 내뱉었던 그 말 한마디로 내 마음에 감사함이 충만해짐을 느꼈다. 그동안 여러 차례 심리극을 재현했던 경험이 있어서 이번 심리극에서 내 마음이 활짝 열릴 수 있었는지도 모르겠다. 나는 이 감사함 하나만으로 세상과 화해하는 느낌이 들었다. 세상이 온통 따뜻하게 느껴졌다.

할머니!
맨날 퉁퉁거리고, 살갑지도 않은 손녀딸이 별로였지? 그때 할머니가 밥 사 준다 할 때도 신경질 부려 돌려보내고. 나 참 못난 손녀였네. 내가 속이 많이 아파서 고슴도치 같았어요. 그래도 할머니, 할머니랑 할아버지가 안 계셨으면 어쨌나 싶어요. 두 분 돌아가신지가 언젠데 이제 와서 철드네. 이제라도 알아서 다행이지요? 다음에 만나면 내가 맛난 밥 사 드릴게요.

가끔 하늘을 바라보고 마음으로 큰절하며 되뇐다.

고맙습니다.

7장

환상

속에

환장

폐허, 그 끝에서

환상 속에 환장

정신과 영수증

어디 가서 내보이지 말라 한다.
꼴랑 그까이 꺼
숫자 몇 개 찍힌 거

어머나, 내 정신 좀 봐라
영수증을 안 챙겼네

제발, 엄마!
그까짓 꺼 영수증 말고
나를 좀 챙겨 봐요

내 뭉게구름 가득한 세상을
나조차 외면하면
누가 들여다보나

나는 내 정신을 챙길 테니

엄마는 평생 그 영수증이나 챙겨요

당신 하라는 대로 지금껏 살았으니
이제 내 정신을 내게로 놓아 주려요

환상 속에 환장

엄마라는 환상

고등학교 때였다. 정동진에 일출 보러 가는 일이 유행했었다. 성경이와 나는 있는 돈 없는 돈을 탈탈 털어서 정동진행 기차를 타고 일출을 보며 한껏 기분 냈다. 집에 돌아오려고 보니 기차표를 살 돈이 없었다. 여기는 강원도니까 엄마가 가까이에 살지 않을까 하는 생각이 번뜩 들었다. 실로 몇 년 만에 전화를 한 것이라 떨렸다. 여차저차 상황 얘기를 하면 엄마가 당장 달려와 줄 거라 희망했고, 그럴 형편이 안 되면 돈을 부쳐 줄 거라 믿었다.

"근처 경찰서에 가서 말하면 무임승차권 끊어 줘. 가서 말하고 끊어서 내려가."

그냥 그게 다였다. 오랜만이라 반갑다, 잘 지내냐, 힘든 일은 없냐 등 이런 말은 일절 없었다. 경찰서에서는 우리를 가출 청소년 아니냐며 겁을 조금 주고는 무임승차권을 끊어 주었다. 우리는 잘 놀고 무사히 귀가할 수 있었다. 그러나 엄마는 그 뒤로도 연락이 없었다.

이후 결혼할 즈음, 그래도 엄마한테 알려야 될 것 같아서 전화했다. 식장에 들어오지 못하고 맨 뒤에 있는 엄마를 발견하니 서글픔이 몰려와 결혼식 내내 울었다. 아들을 낳고 엄마에게 알려야 될 것 같아서 또 한 번 연락했다. 엄마는 삼성당에서 일하고 있다며 책을 전집으로 보내 주겠다고 했다. 비용은 300만 원이라는 말도 덧붙였다. 단돈 500만 원으로 결혼했던 우리는 단칸방에서 월세를 주고 사는 중이었다. 그 많은 전집은 둘 데도 마땅찮았고, 여전히 가난했으므로 돈도 없었다. 남편은 계속 반품하라고 압박했고, 거절이 어려운 나는 한참 망설이다가 연락하지 못했다. 빨리 전화하지 않으면 남편이 나서서 전화한다고 협박 아닌 협박을 받고 나서야 겨우 엄마에게 연락해 사정을 말했다.

"야, 너는 왜 그렇게 능력 없는 남편이랑 결혼했어?"라는 말을 들어야 했다. 그 뒤로 엄마는 보험을 하거나 다단계 화장품 판매를 하면 어김없이 나에게 판매했다. 몇 번은 사기도 하고 몇 번은 거절도 했다. 반복되는 상황을 보던 남편은 엄마와의 인연을 끊는 것이 좋겠다고 했다. 대여섯 번 더 그런 일이 있고 나서는 결국 과감히 엄마를 차단했다. 그렇게 스무 해가 지나는 동안 엄마와의 교류는 일절 없었다.

언젠가 '인간 실격'이라는 드라마를 보는데, 주인공인 류준열이 엄마에게 양육비를 청구하는 장면이 나왔다. 매달 30만 원씩 엄마 집으로 양육비를 받으러 가는데 형편이 녹록지 않은 준열이 엄마가 "야아, 한 번만 봐주라. 다음 달에 같이 줄게."라고 말하자 준열이가 "돈이 그렇게 없냐?"며 핀잔을 줬다. "다음 달에 꼭 줘라." 그리고 같이 밥을 먹었다. 순간 나도 엄마한테 양육비를 청구해야겠다는 생각이 들었다. 엄마가 나한테 혹은 우리한테 양육비가 들지 않았을 테니 그걸 받으면 모든 일이 용서될 듯한 기분마저 들었다.

그렇게 20여 년 만에 엄마의 전화번호를 차단 해제했다. 엄마 번호가 그대로일지 아닐지 걱정도 되고 어떤 반응을 보일지 몰라 조심스러웠다.

"엄마."

엄마라고 불렀을 뿐인데도 나는 벌써 목이 멨다.

"응, 웬일이야? 네 번호가 나는 저장이 안 되어 있네."

메마른 목소리다.

"어디 살아?"

나는 계속 목이 멨다.

"나 서울. 근데 나한테 오려면 일주일 전에 예약해야 해."

역시. 마치 어제 통화한 사람인 양 무심하다. 반갑지도 않은
지 그저 무뚝뚝했다. 나 같으면 당장 보고 싶을 것 같은데. 정동
진 때와 마찬가지로 잘 지냈냐, 어쩐 일이냐, 별일 없냐, 건강은
하냐, 애들은 잘 컸냐 등 살가운 인사는 없었다. 괜히 오기가 생
긴 나는 문자로 양육비를 청구했다. 당연하지만 어떤 답도 받을
수가 없었다. 내가 언제나 기다리고 바라던 엄마는 이 세상 어디
에도 없는데 나는 여전히 엄마가 나를 꼬옥 안아 주며 "미안하
다."라고 해 주기를 기다리고 있다. 사이코드라마 안에서 만났던
환상 속의 엄마는 그렇게 해 주었는데, 현실 속의 엄마는….

엄마!

엄마의 무응답을 나는 어떻게 이해하면 되는 거야? 또 날 그
렇게 버리는 거야? 무시하는 거야? 뭐라도 말해 줘야지. 엄마는
왜 그래? 왜 버젓이 살아 있으면서 없는 사람처럼 굴어? 살아서
왜 이렇게 나를 고문해? 나는 엄마가 멀쩡히 살아 있어. 엄마나
아빠나 두 눈 똑바로 뜨고 아주 멀쩡히 잘 살아 있어. 차라리 세
상에 없는 사람이면 내가 기대 따위 안 하잖아. 내가 이렇게 계
속 기다리지도 않지. 엄마가 살아 있으니까 엄마의 사랑을 애타
게 구걸하게 되잖아. 언젠가는 불현듯 나타나서 따뜻하게 꼭 안
아 주며 사과해 줄 것 같잖아.

"엄마가 미안해. 키워 주지 못해서 미안해. 네가 아플 때 함

께 있어 주지 못해서 미안해. 사랑해 주지 못해서 미안해. 잘한다, 잘한다고 칭찬해 주지 못해서 미안해. 낳아 놓고 책임지지 않아서 미안해."

미안하다고 하면 할 말이 얼마나 많은 줄 알아? 아니, "미안해." 그 한마디가 뭐라고 뭘 그렇게 아껴? 이렇게 말해 주면 다 괜찮아질 것 같은데 엄마가 그런 말을 안 해 줘서 난 평생 괜찮지 않을 거야.

엄마는 도대체 왜 그래? 나한테 왜 그래? 어쩜 그래? 어떻게 살아왔어? 어떻게 살면 그렇게 할 수가 있어? 엄마, 나는 도저히 엄마를 이해할 수 없어.

엄마에게로 가닿지 않는 말들을 혼자 읊조리면 가슴이 썩어진다. 나도 그냥 엄마로부터 "야아, 엄마 한 번만 봐주라."라는 말이 듣고 싶던 모양이다. 그럼 나도 "다음 달에는 꼭 주라."라며 다음 달, 또 다음 달로 미뤄 줄 수 있는데.

포기되지 않는 마음을 애써 달래 본다. 그래, 이런 엄마와 아빠랑 함께 살았으면 더 지옥 같았을지도 몰라. 차라리 같이 살지 않은 것이 축복일 거야. 엄마는 자기 편한 대로 이기적인 육아를 했을 것이고, 아빠는 여기저기 사기 치고 다녔을 거야. 그 속에서 우리는 또 멍든 채로 자랐겠지.

엄마가 있었다면 행복했을 거라는 환상. 그것은 나의 엄마가 아니어야 가능했을지도 모른다. 내가 원하는, 나만을 위해 주는 영원한 내 편인 엄마는 이 세상 어디에도 없다.

최고의 엄마

"엄마, 밤사이에 비가 왔나 봐요! 온 세상이 깨끗해졌어요!"

시인인 줄 알았다. 두 살 아들이 이리도 예쁜 말로 아침을 깨워 주고는 했다.

아이들을 낳기 전에는 여자인 게 너무 싫어서 다음 생에는 남자로 태어나고 싶다고 생각했다. 그러나 아이들을 낳은 후에는 여자로 태어난 것이 축복이라 생각되었다. 남편을 만나면서 나의 애정 통장에 마이너스 부채를 다 갚았다면, 아이들을 낳아 키우면서 애정 통장에 적금이 쌓이는 기분이었다. 아이들은 언제나 내 목을 끌어안고 "엄마, 사랑해! 엄마가 세상에서 제일 예뻐!"를 연발했다. 다만, 서로서로 목을 너무 끌어안아서 숨이 좀 막힐 때가 간혹 있었다.

인간의 최고 불행은 자신의 얼굴을 자기가 볼 수 없는 거라 했던가. 아이가 태어나면 엄마의 태도를 통해서 본인을 인식한다고 한다. 엄마가 긍정하면 아이도 자신을 긍정하고, 엄마가 부정하면 아이도 자신을 부정한다고. 나는 무조건 아이들을 긍정해 주고 싶었다. 엄마 없이 자란 결핍은 나로 하여금 최고의 엄마, 완벽한 엄마가 되어야 한다는 역동을 불러일으켰다. 수없이 많은 심리 서적과 육아 서적들을 섭렵하며 좋은 엄마가 되기 위해 무지 애를 썼다. 아이들은 너무나 사랑스러웠지만 잘 키워야 한다, 좋은 엄마가 되어야 한다는 강박은 때때로 나를 지치게 했다.

둘째를 낳고 혼자 입원해 있는데, 낮 동안 시어머님께서 아들을 봐 주시기로 했다. 그런데 며칠이 안 돼서 아들을 데리고 병원을 찾아왔다. 아들은 딸과 딱 24개월 터울이라 2살 차이가 났다. 아들은 순하고 똑똑해서 돌 지나고부터 말을 했고, 17개월째 접어들면서는 기저귀도 뗐다. "이제부터 쉬는 쉬통에 하는 거야." 라고 했더니 그 뒤로 늘 쉬통(아기 변기)을 사용했다. 그래서 아기들은 원래 그러는 줄 알았는데 아니었다. 똑같은 말에 대답만 똑 부러지게 하고 다섯 살이 될 때까지 밤오줌을 제대로 못 가려서 이불 빨래를 왕창 하게 만드는 아이도 있었으니, 그 아이가 우리 딸이었다. 아들과 딸은 달라도 너무 달랐다.

시어머니 힘드실까 싶어서 아들에게 미리 엄마가 동생 낳고 올 때까지 할머니한테 떼쓰고 울면 안 된다는 당부를 몇 차례나 해 두었다. 말귀를 잘 알아들은 아이는 정말 한 번도 울지 않았다. 대신 밥을 먹지 않았다. 밥도 안 먹고 울지도 않고 눈만 끔뻑

환상 속에 환장

끔뻑 뜨고 있는 아이가 안 되어서 시어머니께서는 아이를 데리고 놀이터로 나들이하러 가거나 애견센터 앞에서 강아지를 구경했다고 한다.

"아고, 하늘아. 어제 봤던 애기 강아지가 어디로 갔으꼬?"
"엄마가 너무 보고 싶어서 엄마 만나러 갔어!"

엄마가 너무 보고 싶었지만 울면 안 되는 아이는 사흘 동안 밥 한 톨도 먹지 않았다. 요구르트만으로 끼니를 때웠다고 했다. 아이는 아토피가 있었다. 그 상태에서 밥을 먹지 않으니 아토피가 심해져서 머리 안쪽에서부터 발끝까지 아토피로 뒤덮인 채 병실에 들어섰다. 멀찍이서 가까이 다가오지도, 그렇다고 말하지도 않고 멀뚱히 서 있는 아들이었다. 아무리 이리 오라고 해도 오질 않았다. 꼼짝 않고 서 있는 두 살짜리 아기를 보니 너무 가슴이 아팠다. 잘 일으켜지지 않는 몸을 세워서 링거를 꽂은 채 아들에게로 다가가 안아 주었다.

기저귀를 떼면서 모유도 같이 뗐는데, 다시 모유 수유를 해야 했다. 화가 난 아이를 달래 줄 다른 방법이 없었다. 그때부터 딸과 아들을 동시에 한 젖씩 물리고 육아를 시작했다. 아들의 아토피는 그 뒤로 오랫동안 아이를 괴롭혔고, 어떻게 해도 쉽게 좋아지지 않는 아토피 앞에서 나는 천형을 받는 기분이 들었다. 딸은 또 낯가림이 심한 아기였다. 등에 들러붙어서 떨어질 줄을 몰랐다. 대형 마트에 장을 보러 가면 입구에서 인사하시는 분들이 꾸벅 인사하며 눈을 맞추는데, 그 인사만으로도 자지러지게 울어서 인사하지 말아 달라고 부탁해야만 했다.

아이들은 나를 너무나도 사랑했다. 남편과 함께 바깥나들이를 나가도 아빠가 아닌 엄마에게 붙어 다녔다. 우는 아이를 달래어 한 아이는 안고, 한 아이는 업었는데, 웃기게도 가방마저 엄마 것이라며 내가 들고 가게 했다. 또래 아이 엄마들과 함께 수다 좀 떨려고 키즈 카페를 가면 다른 집 아이들은 엄마 손을 놓고 놀기 바빴다. 그러나 우리 집 아이들은 엄마 손을 꼭 잡고 떨어질 줄 몰랐다. 하는 수 없이 수다는 멀리하고 키즈 카페 육아 도우미가 되어 아이들과 놀아야만 했다.

지금도 나는 세상에서 제일 힘든 일이 무엇이냐고 묻는다면 단연코 '육아'라고 서슴없이 말하겠다.

그럼에도 불구하고 결혼하고 아이를 낳으면서 세상에 태어나길 잘했다는 생각이 들었다. 이렇게 귀한 아이들을 낳아서 키울 기회가 있다니 얼마나 감사한 일인가. 그래서 나를 낳아 준 양친들에게조차 용서가 되었다. 딸아이가 일곱 살이 되기 전까지는 말이다.

일곱 살 아이는 손도 작고, 발도 작고, 너무 귀엽고 사랑스러웠다. 그런 작고 사랑스러운 생명에게 고통을 경험하게 만든 엄

마가 다시 원망스러웠다. 나는 이 귀한 생명을 고이고이 기르고
싶었다. 할 수 있는 만큼 아니, 원하는 것 그 이상으로 모든 걸
해 주고 싶었다. 그러다 보니 아이들의 요구에 후한 엄마, 수용성
이 높은 엄마가 될 수밖에 없었다. 반면 훈육이 필요하거나 혼을
내야 할 때면 힘이 없었다. 다행히 아이들은 엇나가지 않고 잘 자
랐다. 어느덧 둘은 어엿한 대학생이 되었다. 둘다 자신의 적성을
잘 찾아서 원하는 학과로 입학을 했다. 이제 내 할 일은 다한 기
분이 든다.

아들이 군대에 간 어느 밤, 남편은 술을 마시다가 한참을 울
었다. 남편은 혼자 술 마시며 하고 싶은 진짜 속말을 하는 습관
이 있다.

"내가 아들한테 잘 가르쳐 줘야 했는데…."

그랬다. 나는 내가 혼내지 못하면 남편의 힘을 빌려 혼내 엄
하게 훈육하기를 바랐지만, 우리 둘은 그냥 좋은 엄마 아빠 역할
에 착실하려 했다. 가난만큼은 물려주기 싫어 나름 성실하게 살
았으나 여전히 우리는 가난했기에 자격지심만 커졌다. 그래서 더
혼내야 할 상황에 미안해지는 경우가 많았다.
최고의 엄마는 아이에게 좋은 것만 제공하거나 아이가 원하
는 것을 다 들어주는 엄마가 아닐 것이다. 자라서 혼자 스스로

앞가림을 잘하는 어른으로 성장할 수 있도록 부모는 이를 잘 가르칠 의무가 있거늘. 좋은 것만, 좋은 것만 하다 보니 기본적인 집안일을 어렵게 대했다. 우리 집 아이들은 청소를 어설프게 한다. 밥도 지어 먹을 줄 모른다. 물론, 돈이 엄청 많으면 그런 건 할 필요가 없을 수도 있다.

딸은 서울에서 대학 생활을 한다. 남편은 한참 검색해서 학교 근처 셰어하우스를 찾아냈다. 복층의 셰어하우스는 깨끗하고 생각보다 넓었다. 부산과 서울의 거리도 거리지만 일도 바빠 잘 생활하고 있으려니 하며 챙기지를 못했다. 그러다 서울 갈 일이 있어 딸 집을 들렀다가 깜짝 놀랐다. 청출어람도 이런 경우는 없을 것이다. 나는 집 정리와 청소를 많이 못하는 사람이다. 그런 엄마를 보고 자란 딸이 뭘 배웠을까. 내가 참 아이를 잘 가르치지 못했다는 후회가 한꺼번에 몰려왔다. 청소 도구와 욕실 세정제, 쓰레기봉투부터 샀다. 화장실 상태는 난생처음 보는 더러움이었다. 화장실 배수관 상태가 좋지 않아 물이 잘 빠지지 못했고, 아르바이트에 학교생활까지 하는데 여유가 없을 거라 생각도 했다.

남은 음식물을 버리지 않고 쌓아 둬서 검은 곰팡이가 생겼고, 날파리 시체가 한가득했다. 잘하지 못하는 청소지만 열심히 하면서 여러 생각이 오갔다. 뭘 가르치고, 뭘 안 가르친 것일까? 뭐가 중요한 일이고, 뭐가 우선순위일까? 밖으로만 나돈 내 잘못

환상 속에 환장

일까? '외면보다 내면이 중요하다.' 뭐 이런 말들을 해 줬어야 했나? 군 생활 잘하고 제대 후 집에 있는 아들도 청소하지 않거나 못하는 건 비슷했다. 그래도 집에는 정리 담당인 부지런한 남편이 있으니까 다행이었다. 아니, 다행이 아닌지도 모른다. 남편은 본인만 부지런히 방을 치우고 정리할 게 아니라 알려 줬어야 했다. 아이들 밥상만 차려 줄게 아니라 차려 먹는 법을 가르쳐야 했다. 나도 배우지 못한 것들을…. 어쩌면 나는 남편에게 이상적인 아버지상을 바라고 있었는지도 모른다.

문득, 이마저도 지쳤다. 이것보다 더 얼마나 했어야 하나…. 나도 잘하지 못하는 것들을 어떻게 더 가르칠까? "이제 스무 살이 다 지났으니 부모로서 할 만큼 했다. 너희들도 알아서들 잘 살아라."하고 진작부터 나는 엄마 노릇을 졸업하고 싶었는지 모르겠다. 나도 엄마처럼 혼자서 자유롭게 살고 싶다.

8장

상처로부터 성장

다 영글어 떨어진 대추 한 알

상처로부터 성장

온전히

데스데모나의 사랑

보고파 불러 봐도

찾을 수 없는 흔적들

꿈같이 홀릭했던 당신의 모험담

무엇을 부여잡고 머무를 수 있을까

나 그저 곁에 앉아

웃음 짓고 싶었을 뿐

오델로, 당신은

어쩜 그렇게 나를 몰라요?

내가 당신께 보여 준 그 무엇도

당신에게 가닿지 않았나요?

어쩜 그렇게 나를 대해요?

내가 당신께 전했던 그 무엇도

당신에게는 무의미했던가요?

어쩜 그렇게 당신만 알아요?

내가 당신께 알려 준 나의 무엇도

당신에게는 남아 있지 않던가요?

도대체 당신은 내 무엇을 보고 있었던 거죠?

도대체 나는 그동안 무엇을 했던 거죠?

상처로부터 성장

별이의 성장

나의 이야기로 만든 1인극을 공연하면서 몇 번의 수정을 거쳤다. 진주에서 처음 공연하고 나서는 내내 뭔가 미진한 마음이 남아 있었다. 니트 청년들 대상의 두 번째 공연을 앞두고 대본을 보며 별이가 울고 떼쓰는 장면을 넣었다. 아이라면 응당 떼를 써야 할 대목이었는데 한 번도 떼써 본 적이 없던 나는 그런 장면을 생각해 내지 못했다. 문득 별이라면 이렇게 슬플 때 떼를 써도 되겠다는 생각이 들어서 추가했다. 공연하고 나니 정말 실컷 떼쓰고 싶어져서 내가 이 공연을 만든 게 아닐까 싶을 정도로 속이 시원했다.

세 번째 공연은 5년간 수업을 나갔던 지역 아동 센터 친구들에게 선물로 주고자 센터장님과 이야기 후 공연을 진행했다. 엄마가 없던 한 친구는 "선생님은 동심 파괴범이에요. 엄마 생각 한 번도 안 났는데 선생님 때문에 엄마 얼굴이 보고 싶어졌잖아요!"라고 말하기도, 할머니가 생각난다고 펑펑 우는 아이도 있었다.

떼쓰며 우는 별이의 마음에 공감하는 친구들이 많았다. 한 친구는 아버지가 중학생 때 할아버지께서 돌아가셨는데 한 번도 보지 못한 할아버지가 보고 싶다며 울었다. 역시 아이들도 슬픔을 잘 느낀다는 생각이 들었다.

네 번째 공연은 놀이마루에 초대되어 가족 단위로 관객들을 모시고 웜업 활동으로 연극 놀이 프로그램을 함께했다. 참여자 모두 아이처럼 걸으며 공연장에 들어가서 공연 진행을 했다. 엄마의 영혼이 나와 별이를 위로하는 장면에서 관객들에게 눈을 감고 '내가 사랑하는 사람을 떠올려 보라.'고 주문했는데 몇몇 우시는 분도 계셨다. 아마도 누군가가 생각났던 모양이다. 공연 소감을 나누는데 유치원생인 듯한 친구가 "재미있는 인형극인 줄 알고 왔는데 슬픈 내용이에요."하고 말해 줬다.

관객에게 회상의 시간을 건네는 이 장면은 이후 공연 때 엄마 영혼이 등장하는 장면과 같이 삭제했다. 엄마가 주는 위로보다 내게는 할머니의 따뜻함이 훨씬 와닿아서였는데, 다소 아쉽다는 생각이 든다. 이참에 잠시 사랑하는, 혹은 사랑했던 누군가를 가만히 떠올릴 시간을 가지는 것도 의미가 있겠다 싶어서 다음 공연할 기회가 생긴다면 다시 삽입해야겠다고 마음먹었다.

다섯 번째는 금정 문화재단에서 진행하는 버스킹에 신청 후 부산대역 앞 광장에서 진행했다. 이때는 엄마 장면을 덜어 내어 아예 등장하지 않고 우는 별이를 할머니가 달래고 업어 주는 부분으로 퇴장을 바꿨다. 야외에서, 그것도 밤에, 사람들이 많이 거니는 거리에서 하는 공연에 두려움이 있었다. 그래도 생각보다 자리를 이탈하는 관객이 많이 없었다. 35분가량 잘 앉아서 집중 관람하는 모습이 기특하기까지 했다. 공연이 끝나고 후기를 포스트잇에 써 달라고 해서 받았는데 꼬마 친구가 삐뚤빼뚤한 글씨로 '재밌었어요.'라고 써 주었다. 중학생 친구들은 '이런 공연을 처음 보는데 많이 해 주시면 좋겠어요.'라고 써 주기도 했다. 정말 감사한 마음이 들었다.

연극이 가지고 있는 특성 중 관객과 소통할 수 있는 상호 작용성은 무대 위의 배우로 하여금 지지와 응원이 되기도, 극을 발전시키는 동력이 되기도 한다. 그래서 연극이라는 유기체가 계속 공연하면서 성장, 발전해 나갈 수 있음을 보여 준다. 다시 공연할 때는 테이블에서의 인형 움직임을 좀 더 연구해 봐야겠다.

내가 1인극 〈별이 별이〉를 만들고 공연하며 달라진 장면들은 나에게 내 삶을 거리 두기로 조망해 보게끔 했다. 이는 나의 결핍을 발견하고 원하는 방향으로 바꿔서 스스로를 다독이게 하는 힘이 되었다. 이는 심리극의 치유적 맥락과 맞닿아 있었다.

자기 서사극 연구소를 만들기까지

곁이 없어 외롭다 느꼈던 내가 '함께 사는 문화마을 공동체'를 운영하면서 누구든 함께하니 외롭지 않을 거란 기대가 있었다. 생각보다 공동체라는 조합은 모호하고 쉽지 않았으며 각자의 생계와 지향점, 정치적 이슈의 이유로 이합집산했다. 이후 커뮤니티 아트 프로그램을 중심으로 '예술 심리 교육연구회' 활동을 하면서 또따또가 3기 입주 작가로 다른 길을 모색했다. 문화 예술 교육 프로그램을 설계하고 기획해서 실행하려 세상에 내놓으면 프로그램에 관심을 둔 사람들이 참여 등록하게 된다. 다년간 프로그램 기획 후 부산문화재단 공모 사업을 진행하면서 공모에 붙지 못하면 프로그램 운영이 힘들 수밖에 없었는데, 여기에 대한 회의가 있었다.

공모에 연연하지 않고 자생할 방법을 고민하다가 인연이 닿은 인디무브 대표님, 예술 심리 교육연구회 대표님과 함께 머리를 맞대고 새로운 프로젝트를 도모했다. 그렇게 탄생한 어른들의 인문 자립 공동체가 바로 '서다학교'였다. 여러 강사님을 모시고 다양한 프로그램을 세팅했으나 모객에 실패했다. 무료로 진행하는 예술 교육 프로그램들이 넘쳐 나는 시점에 유료 진행은 한계가 있었다. 마침 17, 18년도 연속으로 진행했던 기획 프로그램의 공모 사업 정산을 하면서 회의감이 들었다. 기획 인력에 대한 저조한 인건비 책정에 비해 해야 하는 일은 엄청났다. 왜 하는가, 누구를 위해 하는가, 재미는 있는가, 언제까지 할 것인가, 어떻게 할 것인가, 내가 진짜 하고 싶은 일은 무엇인가 등등 여러 생각이 들었다. 이듬해부터 진짜 내가 하고 싶은 일을 하자는 생각에 공모 사업을 진행하지 않았다. 12년도부터 매해 공모 사업을 계획해 좀 쉬고 싶기도 하였다.

그러나 코로나가 들이닥치면서 정말 일이 없어졌다. 그야말로 강제 백수가 된 상태에 이르러서야 위기감이 들었다. 뭔가 배부른 소리를 했구나 싶었다. 뭐라도 할 수 있을 때 해야 하는데. 불안감이 엄습했다. 그래서 패션 디자인 학원 창업반을 등록했다. 한복을 좋아하는지라 생활한복 브랜드를 런칭해 볼까 하는 생각에 이르렀다. 배자를 활용한 여러 디자인의 변형이나 엄마와 아이의 커플 배자로 배자만 전문적으로 만들어 보면 좋을 것 같았다. 디자인부터 창업 교육까지 6개월 과정을 꼬박 이수하고 나서야 창업은 아무나 하는 게 아니라는 결론에 다다랐다. 장사라는 것이 기본 자본금이 있어야 시작할 수 있는데, 언제나 그렇듯 나는 빈털터리였다. 이상하다, 나는 끊임없이 쉬지 않고 일했는데. 돈은 어디로 다 도망간 것일까. 무얼 해서 먹고 살아야 하나 막막해하고 있는데 마침 동료 선생님께서 〈별이 별이〉를 만들면서 경험했던 것을 토대로 1인극 만들기 프로그램 모듈화하는 건 어떻겠냐고 제안을 주셨고, 함께 프로그램을 기획하여 공모 사업을 시작했다.

그렇게 자기 서사극 연구소가 만들어졌고 내가 할 일을 찾아냈다. 자기 서사극 연구소는 자기 서사를 들여다보고 극화하여 공연하는 과정에서 일어나는 여러 가지 치유 작용들을 좀 더 면밀히 구조화하고자 한다. 앞으로도 계속 연구할 예정이다. 어쩌면 나의 상처로부터 시작된 별이의 이야기가 여기까지 여정을 만들어 냈다는 생각이 든다.

9장

1인극 만들기

하수구 옆에서도 활짝 핀 민들레

빈 독

이야고의 욕망

다 뺏아 내 것으로
기어코 가질 테야

내 어떤 방법으로
모든 걸 차지할까

이 악물고 으르렁으르렁

어디에 구멍 났나
채워도 채워지지 않는
가져도 가져지지 않는
빈 항아리 등에 지고

메마른 사막
한가운데서 헤매인다.

"너와 나의 이야기"

2022년에는 다행히 2개 프로그램을 제안해서 공모가 선정되었다. 1인극 프로그램은 먼저 중년 여성을 대상으로 20회기로 진행했다. 코로나로 인해 고립된 가정 환경 속에서 일과 가정의 균형을 유지하기 위해 돌봄 노동을 하는 여성들과 하는 프로그램이었다. 자기 삶으로 이야기를 만들고 자신이 투사되는 오브제로 자기 서사극을 만들었다. 그렇게 공연으로 사람들과 관계를 잇는 시간을 가져 보고자 하였다. 그래서 프로그램의 제목도 '너와 나의 이야기'로 정해졌다.

['자기 서사극'은 나의 삶을 연대기로 살펴보면서 자신에 대한 성찰의 기회를 얻을 수 있습니다. 이러한 과정을 통해 자신의 존재를 확인하고 자기 서사로 구성된 1인극을 공연함으로써 성취감을 고취할 수 있습니다.]라는 안내가 어려웠을까, 아니면 연극 공연을 한다는 것이 두려웠을까. 참가자 모집이 생각보다 힘들었다. 내가 보면 참 재미있을 것 같다고 생각할 듯한데, 그건 오직 내 생각일 뿐이었나 보다.

다급해진 나머지 그간 진행했던 프로그램 밴드마다 중년 여성들을 대상으로 소개 부탁 드린다는 홍보도 하고, 주변에 관심 있는 사람들에게 일일이 전화도 돌려 겨우 열 명의 참가자를 모집했다. 그중 기획자로서는 힘들었던 17, 18년도 프로그램 참가자 몇 분이 당시 프로그램이 너무 좋았다고, 선생님이 한다니까 무조건 참가하겠다며 왔었다. 그때 프로그램은 영화 치료와 한복 짓기였다. 떼돈 버는 일도 아닌 그저 내가 좋아하는 걸 프로그램화하자고 생각해서 만들었던 활동으로, 힘들기도 힘들었지만 나름 취향 저격이라 재미있었다. 그래도 프로그램 운영을 잘하니 이렇게 사람이 남는구나 싶어서 이분들이 참여한다는 자체만으로도 응원이 되었다. 그렇게 연극에 대해서 하나도 모르는 분들이 무얼 하는지조차 제대로 알지 못한 채 울고 웃으며 20회기를 함께 보냈다.

1~7회차는 자기 서사 글쓰기로 나의 삶을 돌아보고 나의 이야기를 재구성하는 시간, 8~16회차는 그간의 이야기를 활용하여 극으로 구성해 보기, 17~20회차는 공연 연습으로 진행되었다. 자신의 이야기로 극을 만드는 일이니 필연적으로 나의 연대기를 살펴 에세이를 써야만 했다. 글을 평소에도 안 쓸뿐더러 잘 쓰지도 못한다고 힘들어하던 '나만의 발전'님께서는 매번 글을 쓸 때마다 위트가 넘치는 문장으로 우리 모두를 웃게 만들었다. 과정이 끝나고 자신이 글을 좀 쓴다는 사실을 발견했다고도 하셨으며,

우리 모두 이에 긍정했다.

자신의 삶을 들여다보고 있으면 유독 아픈 기억, 상처가 된 상황들이 있다. 기억을 거슬러 다시 만난다면 그때 못 했던 말을 해 주고 싶은 사람도 있기 마련이다. 우리는 활동 중 그때 그 사람을 빈 의자 기법으로 소환하여 만나 이야기를 나눠 보기도 하였다.

빈 의자 기법은 사이코드라마의 이론가 모레노가 창안하고 게슈탈트 이론가 펄스가 발전시킨 사이코드라마의 한 기법으로서, 보조 의자 기법으로도 불린다. 이것은 내담자들이 빈 의자를 두고 마치 사람이 그곳에 앉아 있다고 가정하고 시작한다. 의자들이 놓인 사이에서 둘 이상의 역할을 하며 내담자가 자기와 다른 중요한 인물들이 토의하듯 연출된다. 역할극의 형식을 띠는 이 기법은 자기에 대한 탐색에 초점을 맞추고 내담자의 자기 적응을 위해서 활용한다. 모든 행동 치료에서 사용되는 기법의 하나이며, 사이코드라마에서는 흔히 개인의 감정이나 심상을 불러일으키기 위한 준비 작업으로 활용된다.

빈 의자에 앉히는 대상은 자기 내면의 여러 부분을 인격화해 만들 수도 있고 원형이나 꿈과 같은 상상, 가상에서 도출한 인물이 될 수도 있다. 정서나 증상을 인격화하여 만들 수도, 실제 인물이 될 수도 있다. 빈 의자 기법은 무생물이나 꿈의 상징, 주인공의 주관적 세계에 있는 주요한 비언어적 단서 등 실제 인물이 연기하기 어려운 표현을 하는 데에 매우 효과적이다.

의자는 보통 원형이나 반원으로 둘러앉은 사람들의 안쪽 혹은 가까이에 둔다. 연출자는 주인공에게 정서적으로 중요한 인물이 빈 의자에 앉아 있다고 상상하도록 한 다음, 그가 실재하는 것처럼 극을 전개시킨다. 주인공은 의자에 앉아 있다고 상상하는 인물과 자신이 일으키는 사건을 설명하기 위해서 독백, 방백, 대화, 역할 바꾸기 등의 방법을 사용하기도 한다. 빈 의자 기법을 통하여 주인공은 타인이나 자신의 또 다른 모습을 만날 수 있고, 빈 의자를 매개로 역할 바꾸기를 체험해 나와 타인이 되어 볼 수도 있다. 따라서 이것은 한 편의 모노드라마인 셈이다. 빈 의자 기법은 주로 다음과 같은 상황에서 사용한다. 내담자 혹은 주인공이 문제의 답을 외부에서 찾기보다는 자신의 내면에서 찾고자 할 때, 연출자가 판단하기에 상대방 역을 지정하여 역할 연기할 필요가 없을 때, 그리고 내담자 혹은 주인공 스스로 상대방의 입장을 잘 피력할 수 있을 때 사용한다.[*]

이 빈 의자 기법을 라포가 충분히 형성된 중간 회기쯤에 진행하여 서로 솔직히 터놓는 편이 민망하지 않고, 또 서로 간의

---

[*] <네이버 지식백과 - 상담학 사전>

응원과 지지가 충분해 안전한 상황이라 여러 이야기로 함께 울고 위로할 수 있는 시간이 되었다. 특히 '작은 거인'님의 경우, 돌아가신 어머니를 임종 직전에 만나 그간 엄마한테 받지 못했던 사랑을 아들에게 투사하여 받고 싶었음을 알아차릴 수 있었다. 아들에게 너무 과도한 사랑을 요구했음에 미안하다며 자신에게 거리 두는 아들을 이해한다는 말도 덧붙였다. '편안한 향기'님은 절교했던 친구를 소환해 이야기 나누며 당시 서로 간의 마음을 알아차려 사과하는 시간을 가졌다. 현실에서 친구를 다시 만날지 아닐지는 알 수 없지만, 마음만큼은 편안해졌다고 했다.

'늘 새로운'님께서는 유방암 투병 시절 엄마를 만났다. 당시는 친정엄마도 아파서 병원에 누워 계셨던 터라 차마 자신의 병을 알리지 못하고 홀로 끙끙 앓았다고. 빈 의자에 엄마를 불러서 "엄마, 나 많이 아파. 엄마도 아픈데 나도 아프다고 하면 엄마가 더 아플까 봐 말 못 했어. 근데, 나도 엄마한테 위로받고 싶어. 엄마, 나 진짜 많이 아파."라고 말하며 펑펑 울었다. 보조자아 역할을 해 주셨던 분이 '늘 새로운'님께 그간 듣고 싶었던 말을 해 주며 함께 부둥켜안아 울었다.

"에고, 우리 아기. 이렇게 아파서 우야노. 건강 잘 챙기 가지고 언능 낫고, 엄마 없어도 씩씩하게 잘 살아야 된다."

이렇게 만나고 싶었던 사람을 만나고, 하고 싶었던 말도 하고, 편지도 써 보고, 시도 써 보고, 내가 투사되는 물건으로 글쓰기 해 나의 이야기와 내가 바꾸고 싶은 현실에 집중했다. 그러나 연극을 한 번도 해 본 적 없는 참여자들이 나의 이야기를 극화하는 과정이 쉽지만은 않았다. 그래서 대본으로 변환하는 건 그간의 글쓰기를 토대로 내가 만들어서 드렸고, 본인들 마음에 들도록 수정하게끔 안내했다. 20회기 과정을 거치면서 여하한 이유로 중도 탈락한 분들을 제외하고 총 여섯 분이 공연을 완성했다. 이분들은 본인들의 내밀한 이야기로 만들어진 공연 발표를 앞두고서 관객을 초대하고 싶지 않다고 했다. 자신의 민낯을 보여 준다는 것은 쉬운 일이 아니고, 용기가 많이 필요한 일이다. 참여자 분들의 의견을 충분히 존중하고자 과정을 함께하신 분들만 초대하여 공연 발표를 시작했다. 공연은 공연장을 빌려서 직접 조명을 받아 무대를 느껴 볼 수 있게 만들었다.

　'이상과 현실 사이'님께서는 유년 시절부터 부모님과의 관계를 이야기로 공연했는데, 연습할 때마다 매번 눈물을 흘리셨다. 리허설을 하고 나면 진이 빠져 공연을 못 할 것 같다고 하셔서 '이상과 현실 사이'님을 제외하고 한 번씩 리허설 후 본 공연을 진행했다. 공연에는 치유 음악가 '봄눈별'을 초대하여 공연자에게 어울리는 연주를 한 곡씩 부탁했다. 참여자분들의 그간 노고를 치하하고, 삶을 잘 살아 내었다고 위로해 주고 싶었다. 다행히도 봄

눈별이 이를 잘 이해하고 좋은 피드백과 음악을 나눠 참여자들의 만족도가 높았다.

다만 아쉬웠던 점이 조금 있었다. '작은 거인'님과 '자유 여행'님은 70대의 나이에도 불구하고 전 과정을 잘 따라오며 한 편의 자서전극을 완성하여 발표하였는데 자녀분들이 엄마의 이런 모습을 봤으면 좋았을 듯싶었다. 그리고 '늘 새로운'님은 빈 의자 기법 때 만났던 엄마 이야기를 넣어서 공연했으면 더 생생한 나의 목소리를 느꼈을 텐데 울고 싶지 않다는 본인의 의지로 밝게 공연화했다. 발표가 끝나고 모인 식사 자리에서는 한 번 더 공연한다면 더 잘할 수 있을 거라 하기도, 떨려서 두 번 다시 하고 싶지 않다는, 너무 좋은 경험이었다고 감사하다는 말도 남겼다. 함께 할 수 있어서 내게도 좋은 경험이었다.

이렇게 〈장바구니〉, 〈명숙이의 일대기〉, 〈마음이〉, 〈약〉. 〈나의 행복한 하루〉, 〈청춘〉 여섯 편의 자기 서사극이 잘 마무리되었다. 물론 잘한 연기는 아니었지만, 진솔한 자기 삶의 이야기가 담겨 있는 공연이었기에 뜻깊고 감동적이었다.

"내 이야기"

　　중년 여성으로 프로그램을 해 봤으니 이번에는 중년 남성을 대상으로 프로그램을 만들고자 했다. 퇴직한 분들을 대상으로 '내 이야기'를 모객하였으나 중년 여성팀보다 더 모집이 힘들었다. 게다가 10회기로 구성이 짧았기에 공연까지 잘 완성될지도 걱정스러웠다.

　　1~4회기, 자기 서사 글쓰기로 이야기 구성하기
　　5~7회기, 자기 서사로 극 구성하기
　　9~10회기, 자기 서사극 만들고 공연하기

　　연극에 관심 있는 분들이거나 심리 상담에 관심 있는 분들을 대상으로 집중 모집했다. 연극 경험이 있는 분도 있었고 배우를 하고 싶다는 분도 있었으며 연극을 한 번도 해 보지 않은 분도 있었다. 그래도 다행히 다들 연극적 감각이 있으셨다. 자원이 풍부해서 10회로 진행되었음에도 본인들이 대본 전체를 완성해 와서 감탄을 연발했다. 심지어 공연 날에는 본인들 가족과 지인들을 초대하겠다고 먼저 말해 또 감탄했다.

공연은 총 세 분이 올렸는데 〈나는 선풍기다〉, 〈나는 가위다〉, 〈나는 시계다〉로 각자 투사되는 것을 에세이로 써 이를 그대로 희곡화하였다. 공연은 테이블 오브제극으로 만들었다. 각자의 오브제 또한 투사된 물건으로 선풍기와 가위 손, 시계 그림으로 유명한 달리 가면을 이용했다. 공연 연습 기간이 짧아서 대본을 다 외우지 못해 보고 읽는 형태로 발표를 시작했다. 그럼에도 공연장에 관객으로 걸음 한 지인과 가족들은 열화와 같은 성원을 보냈다. 특히 〈나는 가위다〉 공연에서는 마지막 장면에 아내에게 손을 내미는 부분이 있었는데, 두 분이 서로 마주 보고 눈물 흘리는 장면이 정말 감동적이라 공연장 내 모든 사람의 눈시울이 붉어졌다.

관객과 함께한다는 것은 이런 기분이다. 이 감각이 연극의 묘미라는 생각과 동시에 공감한다는 건 이런 것이구나 하는 생각이 우리 모두에게 스몄다. 이렇게 10회기의 진행으로 공연 발표까지 후루룩 지나고, 같이 프로그램을 기획했던 선생님께서 못내 아쉬워하며 내년에도 한 번 더 해 보자고 제안했다. 문화 예술 교육 프로그램에서 중년 남성 참가자들은 사실 귀한 대상자이기도 하고, 이렇게 적극적인 참여와 풍부한 자원이 아쉽기는 나도 매한가지였다.

우리는 다시 의기투합하여 올해 1월부터 격주 일요일마다 이분들을 만나고 있다. 작년에 썼던 희곡을 다시 살펴보고 현재 내 모습을 녹여 대본 수정을 했다.

〈나는 선풍기다〉는 한여름 내내 시달리던 선풍기가 에어컨에 밀려서 버려진 이후의 삶을 쓰도록 디렉팅했다. 그런데 이 버려진 선풍기의 삶이 갈수록 처절해 회복되지 않았다.

"나는 어머니만 돌아가시면 그냥 자살해 버릴 거예요…."

그의 입에서 저절로 흘러나온 말 앞에서 마음이 서늘해졌다. 우리는 선풍기가 스스로 소중함을 알아차려 자존감을 회복하길 바랐다. 그러나 그는 자신의 삶을 비관하고 있었기에 쉽사리 긍정적인 결말이 나오지 않았다. 그의 그런 모습이 마치 나를 보는 것 같았다. 비루한 현실, 달라지지 않는 환경, 그에 대한 무력감 등은 아주 오래전부터 나에게 달라붙어 떨어지지 않는 감정들이었다. 나는 충분히 그의 마음을 알지만, 그런 부정적 감정의 굴레에 빠져 있으면 부정적인 사이클이 반복될 뿐임을 알고 있었다. 그래서 선풍기와 거리를 둬 볼 수 있도록 지속적으로 안내했다. 그의 능력, 그만이 가지고 있는 순수성과 희망 같은 요소들이 버려지지 않고 긍정할 수 있도록.

그렇게 드디어 지난 8월, 폐기되어 부서진 선풍기는 생명을 얻는 쪽으로 결말이 바뀌었다. 그러나 극이 자꾸 보여 주는 것으로만 흘러가고 본인의 삶이 잘 드러나지 않아서 주인공을 선풍기에서 나로 바꾸어 새롭게 대본을 쓰도록 숙제를 줬다. 물건에 은유가 되어 기대니 나의 본질을 보기가 힘들었다. 당사자성을 가지고 밀도 있게 나를 만나기를 바랐다. 좀 더 내밀한 이야기들이 나와도 좋을 듯한데, 쉬운 일은 아니다. 다만, 이러한 과정을 통해 우라늄님이 성장하기를 기대해 본다.

〈나는 가위다〉에서 용나님은 이전에 했던 극에서 현재 퇴직 이후 부모님과의 관계가 개선되어 함께인 장면까지 추가하기로 정했다. 이러한 수정 작업 중, 작년에 했던 유년 시절 부모님과의 장면 묘사가 계속 죄책감이 들어서 빼고 싶다는 말을 했다. 상담 심리 석사 과정을 공부하고 있던 가위님은 그 시절 그런 마음이 들었지만, 지금은 당시 부모님 환경을 이해한다고 했다. 그러나 나는 그 삭제 요청을 받아들일 수 없었다. 지금 드는 수치심과 죄책감은 필요한 과정이라 생각했고, 이 과정을 지나 공연까지 하면 본인의 수용 범위가 다시 설정될 거라 여겼다. 그래서 사실은 사실대로 두고 현재에 좀 더 무게감을 두는 쪽으로 안내했다.

〈나는 시계다〉를 진행하셨던 시계님은 작년 퇴직 이후 자신이 하고 싶던 버킷 리스트를 중심으로 본인의 욕망에 초점을 두었다면, 올해는 8년째 치매를 앓고 계시는 엄마의 이야기를 중심으로 하고 싶다고 하셨다. 현재 장모님을 제외하고 어머니, 아버지, 장인어른까지 경중부터 중증 치매를 앓고 있다고. 그 사이에서 자신이 하고 싶은 버킷 리스트를 실행하는 게 얼마나 이기적인지, 효와 불효 사이의 이야기, 노노케어(노인이 노인을 돌봄)의 전형에 대한 이야기 등 전부 자신의 현재 시계 안에서 진행되는 중이라 말했다. 연극 공연의 연출적인 측면에서는 가장 밀도 높은 관계인 어머니를 중심으로 성장 과정의 서사를 들여야겠다고 판단했다. 그러기 위해서는 유년 시절 시계님의 이야기로 시작하는 편이 좋을 듯하다고 생각했다. 엄마와의 추억이 담긴 어릴 적 이야기를 일기로 써 오라고 주문했는데, 현재 시계님의 모습이 투영되어 이어지는 좋은 에피소드를 잘 써 오셨다. 참여자 중에서 나이는 제일 많으시지만 주문하는 숙제마다 제일 성실히 해 오시고, 수용성이 넓은 유연함까지 겸비하셔서 제일 젊은 정신 연령을 보유하신 게 아닐까 싶다.

올해는 기왕이면 한 분의 공연자까지 추가하여 총 네 명의 중년 남성이 함께 자신의 이야기로 1인극을 만들고, 네 편을 연결해서 옴니버스로 공연하면 좋을 듯했다. 마침 우리 기획자 선생님이 중년 남성분이셔서 공연자가 될 수 있도록 종용하여 같이 하기로 했다. 본인의 공연 제목도 마침 '나는 남자다'로 정했다.

눈물이 많아서 혼이 났던 유년 시절부터 남자다움을 강요받으며 살아온 현재까지의 에피소드를 이야기로 엮어 내었다. 계속 연습 중이고 올해 연말 공연을 할 때는 손에 대본 없이 해 보자고 격려하는 중이다. 어떤 공연으로 완성될지는 나도 기대가 가득하다.

10장

인생 1막의 갈무리

바람이 살랑, 풍경이 딸랑

인생 1막의 갈무리

검으나 검지 않으려 했던

오델로가 데스데모나에게

검다고 손가락질하던 이들

그 손가락 접어 주리라

죽으라고 전쟁터를 떠돌았던 내 영혼이오

희고 흰 그대가 내 곁에 머물다니

세상을 다 가진 듯 부풀은 풍선 마냥

두리둥실 걸었다오

못난 나의 어디가 그대를 홈쳤을까

나도 나를 의심하고

남도 나를 의심하고

내 마음은 바닥을 내리꽂아

그대의 손짓 하나

그대의 말투 하나

천당과 지옥을 오가다가

내 손으로 내 눈을 찌르오

검으나 흰 나를 그대는 알았을까
희나 검은 속내에게 이리도 속고 보니
이 세상 어디에도 알아주는 이 없소

검고 흰 것이 아무것도 아닌 그곳에서
검지도 희지도 않은 채로 부디 다시 봅시다

인생 1막의 갈무리

명랑 만화 주인공처럼

일곱 살, 친구와 둘이서 약수터에 놀러 갔었다. 나는 당시 내 생각보다 말이 많은 아이였다. 놀고 있던 우리에게 어떤 아저씨가 이것저것 물어봤는데 지나치게 솔직히 대답했던 모양이다. 나의 형편을 파악한 그는 친구를 보내고 나만 자기 집에 가서 놀자고 했다. 나는 뭔가 선택받은 기분에 우쭐했었다. 그리고 그 집에서 나올 때 이전의 맑은 영혼을 가진 나는 사라졌는지도 모른다. 내 손바닥 위에는 100원이 놓여 있었다. 아저씨는 아무에게도 이 일을 말해서는 안 된다고 당부했지만, 그러지 않아도 나는 말할 사람이 없었다. 그 100원 덕분에 오래도록 나는 창녀가 될지도 모른다고 생각했고, 그날 이후로 하늘을 볼 수가 없었다. 내내 땅만 바라보며 걷는 조용한 아이가 되었다.

초등학교 5학년 때였다. 우리는 철거 예정 지역 다세대 주택 1층 단칸방과 2층에 살고 있었다. 창문이 떨어져서 신문지를 발라 생활했고, 2층으로 올라가는 계단은 곧 떨어져 나갈 듯 위태

로웠다. 구두쇠였던 할아버지는 비용 절감 차원에서 친동생인 작은할아버지를 불렀다. 목수라고 했다. 작은할아버지가 온 날로부터 나는 지옥 같은 생활을 지내야 했다. 밤이 오는 게 너무 싫었다. 숲으로 끌려가기도, 도망치다 잡히기도 하고…. 그 누구한테도 도움을 청할 수가 없었던 나는 밤이 되면 집 밖에서 자기 시작했다. 어느 날은 이삿짐 장롱에서 자다가 이삿짐 트럭에 실렸던 적도 있었다. 덜컹거리는 소리에 깨니 트럭이 달리고 있었다. 트럭이 멈춘 틈을 타서 뛰어내려 집으로 걸어왔다. 여하튼 공사가 끝날 때까지 끔찍했던 나날의 연속이었다. 나는 그때부터 집이 싫었다.

중학생 때는 중국집 하는 친구 집에서 그해 여름 방학 대부분을 보냈다. 집에 자주 들어가기 싫다는 이유였다. 중국집 옆에는 가스집이 있었다. 늘 땅만 보며 걷는 내게 고개 좀 들고 다니라고 했던 가스 배달 아저씨가 있었다. 웃으면서 나는 "네."라고 대답한 후 자석이 달린 듯 다시 고개를 떨궜다. 어느 날 저녁, 아저씨가 드라이브 갈 곳이 있다며 트럭에 타라고 했다. 친구랑 나는 신나서 트럭에 탔다. 아저씨가 데려간 곳은 완월동의 집창촌 거리였다.

"잘 봐봐, 여기에 느그가 안 탔으면 이 여자들이 차 세우고 난리 난다이. 이래도 살고 저래도 사는 기다. 니는 목이 안 아프나? 땅 좀 그만 보고 고개 좀 들고 다니라. 키 안 큰다."

뭐, 대충 이런 얘기를 한 듯하다. 내 이야기를 아무한테도 하지 않아 아저씨는 모를 텐데 어떻게 알고 여기를 데려온 걸까. 창녀가 될지도 모른다고 막연하게 생각했던 나는 그 실체를 보고 나니 마음이 풀리는 것 같았다. 드레스 입은 여자들도 땅만 보지는 않아서 나도 이젠 땅을 그만 봐도 좋겠다 싶었다. 고개를 들어 하늘을 보니 세상이 달라 보였다.

그때부터 나는 명랑 만화 주인공처럼 과하게 웃었다. 달려라 하니, 소공녀 세라, 빨간 머리 앤이나 들장미 소녀 캔디처럼 언젠가 나에게 펼쳐질 또 다른 미래를 꿈꾸며. 들장미 소녀의 주제가는 곧 나의 주제가가 되었다.

외로워도 슬퍼도 나는 안 울어
참고 참고 또 참지 울긴 왜 울어
웃으면서 달려 보자 푸른 들을
푸른 하늘 바라보며 노래하자
내 이름은 내 이름은 내 이름은 캔디
나 혼자 있으면 어쩐지 쓸쓸해지지만
그럴 땐 얘기를 나누자 거울 속의 나하고
웃어라 캔디야, 들장미 소녀야
울면은 바보다 캔디 캔디야

아마 나의 생존 전략은 농담이나 유머였을지도 모른다. 좌중을 웃음의 도가니로 빠뜨리는 일, 나를 주목하게 하는 코드였다. 고등학교 당시 연극부 단체 미팅을 할 때 만났던 남학교 연극부 친구들은(그때는 단체팅이 유행이었다) 나를 당대 잘나가는 여자 개그맨 이름으로 부르기도 하였다. 남학생들 앞에서는 더 과하게 웃으려고 했던 것도 같다. 어차피 연애나 사랑 따위는 내 인생에서 사치라고 생각했으므로. 친구 100명 만들기를 목표로 과한 텐션을 날리며 이 사람, 저 사람 마구 만났던 적도 있었다.

상담 심리 공부를 접하면서 캔디 그년이 미친년이라는 생각이 들었다. 뭘 그렇게 참고 참고 또 참으라 그러는지. 슬프면 울어야지, 왜 또 미친년처럼 들판을 웃으면서 달리라 그래서 처돌아다니며 그렇게 웃어 젖혔는지. 울어야 할 때 제대로 울지 못해서 아직도 내가 슬픈 장면만 만나면 눈물이 그렇게 나는 건가 싶었다. 반면 또 그때 내가 미친년처럼 웃으면서 다니지 않았으면 생존할 수 있었을까.

올해 2월에는 게슈탈트 상담으로 집단 상담 그룹에 4일간 참여했다. 그때 일곱 살의 기억을 이야기하며 그룹 내 주인공이 되었다. 나는 울며 이야기를 마쳤으나 아무도 나의 이야기에 피드백을 주지 않았다. 가만히 숨죽여 기다리는 순간이 숨 막혀 죽을 것 같았다. 한참의 침묵 뒤에 집단 리더가 지금 떠오르는 게 뭔지 물었고, 하고 싶은 말을 하라고 했다.

인생 1막의 갈무리

"아무도 나를 도와주지 않아요!"

"죽을 것만 같아요."

"세상 사람들이 다 원망스러워요!"

"너희들, 모두 다 나빠!"

"너희들, 모두 다 똑같아!"

생각지도 못한 말이 툭툭 튀어나오면서 내가 그동안 세상에 대한 불신이 얼마나 컸는지를 알았다. 심리극에서 재현한 장면 중에는 한 번도 없었던 세상에 대한 원망을 한없이 소리쳐 그런지 뭔가 시원한 느낌이 들었다. 아무도 도와주지 않는 암흑 같은 어둠 속에서 혼자 살아남으려 몸부림쳤고, 그 와중에 겨우 생존한 내가 보였다. 뭔가 '애썼다, 수고했다, 잘 살아 냈다.' 이런 말들로는 충족되지 않았다.

집단 상담이 끝나는 마지막 날, 리더는 내게 나의 욕구 표현이 수동적이라는 말을 남겼고 내내 이 말을 곱씹었다. 나는 늘 누군가가 나를 먼저 발견해 주고 나의 마음을 알아차려 챙겨 주기를 기다려만 왔지, 충족되지 않는 장면이나 상황에서 먼저 요구해 본 적이 없었다. 그래서 언젠가는 엄마가 짜잔하고 나타나서 미안하다며 나를 안아 주고 돌보며, 밥상 차려 놓고 기다리는 꿈을 꾼다. 그럴 일이 없을 거라는 걸 알면서도 그 꿈에서 깨어나지 못했다. 그래서 나를 제대로 돌보지 않은 채 잘 먹이지도, 재우지도 않고 방치해 둔 걸지도 모르겠다.

작년 5월에는 급성 위염과 장염이 동시에 찾아와서 열이 40도 넘게 난 적이 있었다. 코로나 시절이라 병원 여러 군데서 거절당하고 격리실이 있는 곳에 겨우 입원했다. 하루는 혼자 보내고 코로나가 아니라는 결과 확인 후 다인실로 옮겨 지냈다. 일주일을 입원했는데, 옆 침대 환자 때문에 내내 고통스럽게 보냈다. 당뇨로 입원한 60대의 그녀는 씻지 않아서 음식물 쓰레기 썩는 냄새가 났다. 밥을 먹고도 씻지 않은 수저를 그대로 수저통에 넣었으며 양치도 하지 않았다. 세수는 물론 머리도 감지 않아 떡이 진지 오래였다. 게다가 덥다고 창문을 열어 바람이 불 때마다 너무 괴로웠다. 마스크를 쓰고 이불을 머리까지 덮어쓴 채로 보냈다.

친구에게 이런 상황을 전했더니 간호사에게 병실을 바꿔 달라고 말하든, 아니면 침대 위치라도 바꾸라고 했다. 그런데 나는 차마 그럴 수가 없었다. 그녀는 스스로가 얼마나 불행한지를 큰 목소리로 떠벌리며 이 병실에서 그대로 죽는 게 소원이라고 했다. 그런 그녀가 나는 몹시 불쌍했다. 그래서 차마 "저 사람 너무 냄새나서 견디기 힘들어요."라고 말할 수가 없었다. 냄새 때문에 머리가 너무 아팠지만, 상처 주고 싶지 않아서 그냥 두통약을 먹었다. 그렇게 퇴원하는 날, 옷을 갈아입기 위해서 커튼을 쳤는데 냄새가 나지 않았다. 옷을 갈아입다가 그만 눈물이 났다. 나는 나를 위해서 이 한 평짜리 공간조차 요구하지 못하는 사람이었다. '내가 좀 더 참으면 되지.'했던 수많은 세월의 시간이 한꺼

인생 1막의 갈무리

번에 몰려왔다. 세상 불쌍한 사람들은 다 눈에 들어와서 제 형편 생각은 못 하고 이래저래 기부도 많이 하고 있지만 사실 정작 제일 불쌍한 건 나였다. 늘 자기 자신이 괜찮은지, 안 괜찮은 건지도 구분 못하는 나. 열이 계속 떨어지지 않아 끙끙 앓으면서 항생제 알레르기에 두드러기까지 났는데. 거기다 두통약까지 먹어가며 참는 건 누구를 위한 행동인 건지…. 참 멍청이가 따로 없었다. 나도 괜찮지 않다. 괜찮지 않으면 괜찮은 척하는 게 아니라 그냥 안 괜찮다고 말하면 된다. '안 괜찮다.'라는 그 한마디가 어쩜 그리 힘든지 모르겠다.

요즘도 왕왕 체하고 설사를 줄줄 싸는 등 몸의 이상 신호가 온 지 한참 되었다. 유기체가 끊임없이 건네는 신호는 미해결 과제를 알아차리라고 보내는 것이라 하는데, 몸이 말하는 나의 미해결 과제는 돌봄이겠구나 하는 생각이 들었다.

좋아하는 것들

"너는 좋아하는 음식이 뭐야?"라고 친구가 물어봤다. 선뜻 무엇이라고 즉각 떠오르는 게 없었다. 보따리 장사인지라 수업하러 다니면서 짬짬이 먹는 건 주로 김밥이었고, 혼밥을 자주 하는 편이라 그때 찾아 먹은 음식 종류가 설렁탕이나 추어탕 같은 편이었다. 그러고 보면 '좋아하는 것들이 뭐지?'라는 물음에 바로 답할 수 없는 느낌이었다. 나는 뭘 좋아하는가?

답답한 일상 속 그나마 좋아하는 것들로 소소한 기쁨을 느끼며 살아간다면 힘이 될 텐데 하는 생각이 들자 내가 좋아하는 게 무엇인지 목록을 써 보자 싶었다. 좋아하는 것들, 좋았던 기억, 이 세상에서 좋은 것들, 좋아하는 사람, 좋아하는 음식, 좋아하는 일, 좋아하는 책 등등 각종 좋아하는 것들을 쓰면서 상상만으로도 즐거운 마음이 일렁이는 듯했다.

돌이켜 보면 깜깜하다 절망했던 시절에 가졌을 내적 분노를 어디로 토해 놓았을까. 아주 어렸던 그 시절에도 내가 좋아하는 걸 찾았던 걸까 생각하게 되었다. 아마 자라면서 해소되지 않은 분노는 나보다 다섯 살 어린, 나만 바라보던 그 아이에게 훈육이라는 이름으로 많이 터트렸던 듯싶다.

한번은 둘이서 밥을 먹는데 젓가락질을 못하는 동생이 보였다. 어디 가서 엄마 없는 애라는 소리 들을까 봐 젓가락질을 가르쳐 주는데 부아가 치밀어 올랐다. 결국 동생을 향해 젓가락을 집어 던졌다. 날아오는 젓가락을 피해 고개를 숙인 동생 머리통에 젓가락이 꼽혔다가 떨어지면서 피가 철철 흘렀다. 수건으로 감싸 안고 동네 의료원으로 달려가 응급으로 꿰맸었다. 치료 후에는 집에 아무도 없어 밤 즈음 값을 치르겠다 하고는 가지 않았던 기억이 있다. 할아버지, 할머니한테는 네가 넘어져서 그런 거라고 시켰다. 그때 두근반세근반했던 나의 죄책감이 떠오른다. 그만하기 천만다행이다.

또 언제는 동생이 뭘 잘못해서 빗자루로 잘못 가르친 누나를 때리라며 종아리를 내미는 훈육 뒤에 둘이 부둥켜 울기도 했었다. 나는 동생이 뭐만 잘못하면 빗자루를 들고 설쳤다. 동생이 고등학생쯤 되어서는 "인자 그만 좀 때리라!"라며 나를 밀쳤는데, 힘이 세져서 그런지 나동그라졌다. 그때 불현듯 미안함이 몰려왔다. 언제는 지나가듯 동생에게 어릴 때 많이 때려서 미안하다고 사과하긴 했는데, 아마 그렇게라도 안 했으면 내가 살아 있지 못했을지도 모른다. 여러모로 동생은 나를 지키며 살게 하는 힘이 되었구나 싶다. 그 동생이 지금은 잘 커서 소방관으로 활동 중이다. 이제 제발 이 녀석이 예쁜 아이를 낳고 알콩달콩 살아가는 모습을 본다면 더할 나위가 없겠다. 아이를 낳고, 그 아이가 커가는 과정을 보는 것만으로도 마음의 응어리들이 사그라진다. 동생도 그런 경험으로 마음이 치유되길 바란다.

결혼과 육아가 힘들기는 했지만, 내게 수많은 성장 요소를 주기도 했다. 아이들이 어릴 때 재롱부리는 것만으로도 그 소임을 다했다는 말에 나는 200% 공감한다. 우리 아이들이 잘 자라 줘서 충분히 감사한 지금이다. 자력으로 돈을 벌기 시작하면서 월급날이면 내게 꼭 하나씩 선물해 주는 나만의 의식이 있다. 그러면서 물건을 사면 그 물건의 태그와 영수증을 버리지 않고 모아 두는 습관이 생기기도 했다. 그렇게 생긴 저장 강박은 쓰레기 더미를 생성시켰고, 불안이 높은 나는 무언가를 쉽게 버리지 못했다. 버리려고 펼쳤다가 도로 모아 두기 일쑤였고 더 어지러워지기만 했다.

어릴 때부터 책 읽기와 일기 쓰기도 내가 좋아하는 것 중 하나였는데, 그에 의지해서 현실의 나를 잊어버리고 달래며 버틴 또 다른 방편이다.

그간은 좋아하는 것들을 찾아내고 즐길 여유가 없었다. 소확행이라 했던가? 내가 좋아하는 무언가를 발굴하는 일은 작지만 소소한 일상의 행복을 찾아 기뻐할 계기가 되는 듯하다. 그것이 또 나를 돌보는 일이 아닐까.

개인 상담을 받았다. 내가 스스로를 지키기 위해 애쓰기는 했으나 때론 도움이 필요하면 요청해야 함을 이제야 실천했다. 그곳은 게슈탈트 모래 놀이 치료를 하는 곳이었다. 상담자가 모래 위에 손을 얹고 안내하는 대로 호흡하고 의식을 따라가면서 명상한다. 그렇게 긴 명상의 시간 끝에 이렇게 말한다.

"나의 의식을 내 심장으로 가져갑니다. 내 심장에는 지금까지 내가 살아온 많은 시간이 저장되어 있습니다. 그리고 내가 돌봐 주지 못한 내가 거기에 있습니다. 지금 이 순간 내 가슴에 어떤 장면, 어떤 생각, 어떤 감정, 어떤 사람들이 떠오르는지 그대로 한번 바라봅니다. 이제 내 의식을 내 손으로 가져와 봅니다. 이 모래는 나의 내면입니다. 내 손을 통해 나의 내면과 만나는 시간을 가져 보겠습니다. 충분히 모래를 만지고 다 느끼고 나면 눈을 뜨시면 됩니다."

두 번째 상담 시간이었다. 명상 속에서 나는 잔뜩 웅크린 일곱 살 아이를 보았다. 한겨울인데 러닝 바람에 춥고, 배고프고, 더러운 거지 아이가 나를 바라보며 애처롭게 손을 내밀었다. 그건 다름 아닌 나였다. 끊임없이 구해 달라고 SOS를 보내고 있었다.

"나 좀 구해 줘, 제발…."

상담자는 그 아이에게 하고 싶은 말을 하라고 했다.

아이야, 미안해. 네가 그렇게 혼자 웅크리고 앉아서 춥고 배고프게 만들어서 미안해. 아무도 돌봐 주지 않아서, 세상을 원망하게 만들어서 미안해. 어렵게 내민 손을 허공에 헛손질하다가 끝내 마음을 닫게 해서 미안해. 나라도 너를 돌봐 줘야 했는데 네 목소리를 듣지 못했어.

이제라도 내가 너를 돌봐 줄게. 언제라도 내가 네 옆에 있을게. 혼자 두지 않을게. 아무도 모르지. 너의 그 절망을, 그 상실감을, 두려움을, 공포를, 외로움을. 누가 알겠어? 말해 줘도 모를걸. 근데 내가 알아. 다른 누구도 아닌 내가 알아. 내가 다 알아. 이리 와, 안아 줄게.

그랬다. 누구보다도 내가 나를 잘 아니까, 내 목소리를 내가 들어 줬어야 했다. 내 안에는 거지 아이가 있었다. 기다려도 오지 않는 누군가를 하염없이 기다리며. 그러다가 끝내 죽어 푸른 귀기를 띠어 악귀가 될 것만 같은 거지 아이가. 이제라도 발견하고 알아차려 다행이다. 치유란 진짜 내가 누구인가를 기억해 내는 것이라고 한다. 이제야 비로소 진짜 나를 만났다. 구원자를 기다리는 아이. 그래서 수동적일 수밖에 없는 나의 삶.

딸아이가 스무 살이 되면 반드시 이혼하겠다고 생각했다. 누군가의 엄마, 누군가의 아내, 누군가의 딸. 이런 단어에서 훌훌

벗어나 나 혼자만의 삶에 집중하고 싶어졌다. 내가 나를 구원하는 주체적이고 능동적인 삶을 살기 위해 독립해야겠다고 생각했다. 이혼은 독립의 다른 이름일 것이다. 남편은 늘 성실하고 열심히 살았지만, 뜻하는 대로 일은 풀리지 않았고 자주 술을 마셨다. 나는 나대로 고립되어 지쳐 갔다. 그리고 책임져야 하는 삶이 계속 버거웠다. 그러다 상담하면서 내가 얼마나 연약한지, 혼자를 얼마나 두려워하는지, 또 내가 나를 얼마나 못 믿는지를 알게 되었다.

20년 된 장롱면허가 있다. 운전해야겠다고 매년 마음먹었으나 여전히 장롱이다. 혼자서 오롯이 잘 해낼 수 있다는 자신이 없으니 운전을 시작하지 못하는 중이다. 상상해 본다. 혼자서 가고 싶은 곳을 마음대로 운전하고 쉬고 싶을 때 쉬며 가고 싶을 때 가는, 머물고 싶을 때 머무는 그런 삶을.

여행을 가 본 적이 있었던가. 휴가를 즐겨 본 적은 있는가. 벌써 내 나이가 마흔여덟이다. 이제껏 내내 휴식 없는 삶을 달려온 기분이다. 몸이 늙어 가는 걸 실감하는 요즘이다. 언젠가는 하며 미뤄 둔 휴식을 이제는 야금야금 즐겨야겠다. 나도 놀고먹고 쉬는 것을 좋아하는 사람이다. 이제야 내 인생 어두운 면의 문을 닫고 또 다른 문을 열어 볼 용기가 난다.

맺으며

정리되지 않고 한껏 어질러진 방에 들어서면 발로 대충 길을 내어 들어간다. 여기저기 치워지지 않은 채 누워 있는 무엇과 무엇들 사이에 겨우 모로 누워 쓰러지듯 잠이 든다. 언젠가는 쓰일지 모를 무엇과 무엇들을 끝내 버리지 못한 채로 끌어안고 살다 보니 이젠 쓰레기 더미들과 함께 살아간다는 착각마저 든다. 멀쩡하게 해맑은 얼굴로 반가이 일상을 살지만, 내 안에 시커멓게 자리 잡은 무엇들은 그렇게 방치된 채로 쌓여 집 안에 똬리를 틀고 있는지도 모르겠다. 가끔은 슬픔이 목까지 차올라 눈물이 왈칵 솟는데, 당최 그 이유를 알 수 없을 때가 있다. 그럼 그 감정에 가만히 머물러 살펴본다. 그걸 직면한다는 건 사실 쉽지 않은 일이다.

내 삶의 이야기를 쓰는 작업을 하면서 때때로 과거의 상처에 발목 잡혀 살고 있는 나를 발견하고 그 시간 속에 머무르며 무력감에 사로잡혀 한동안 우울하기도 했다. 우울해지기 시작하니까 다시 아무것도 할 수 없는 상태가 계속되었다. 울기도 많이 울었다. 그럼에도 불구하고 글쓰기가 가지고 있는 힘을 믿으면서 그동안 아무에게도 하지 못했던 속엣말을 여기에 펼쳐 본다. 한 글자 한 글자 기억을 더듬는 건 위로가 되어 주었다. 그리고 살고자 했던 나의 의지와 노력을 발견한다.

작년에 협성문화재단의 뉴북프로젝트에 지원해서 2차에 떨어지고 올해 다시 도전해 탈고하기까지 2년여 시간이 지났다. 한 권의 책을 마무리하며 돌아보니, 마치 긴긴 여행을 다녀온 듯하다. 부족한 글로 써내는 과정이 너무 힘들고 괴로웠다. 수정을 위해 다시 읽을 때는 보고 싶지 않아서 더 힘들었다. 너무 솔직하게 많은 것들을 드러냈나 싶어서 부끄럽기도 했다. 어떨 때는 나를 아는 사람들이 이 책을 읽지 않으면 하는 바람도 들었다. 다만, 내가 들꽃의 발화를 보고 힘이 났던 때처럼 내 글을 보는 독자들도 그저 아무것도 아닌 내가 살려고 애쓴 흔적을 보며 힘내시길 바란다.

어느 누구도 나를 사랑하지 않는다면 스스로 사랑하면 된다고들 하는데, 그게 어떤 것인지 도대체 알 수가 없어서 답답했다.

나 스스로에게 괜찮냐고 물어보는 것부터, 내 안에 거지 아이를 돌보는 마음으로 나에게 계속 말을 걸어야겠다.

이 지난한 책 쓰기 과정의 끝에 나도 나를 돌보는 힘을 챙겨본다. 나를 돌아보는 기회가 있었기에 가능한 시작이 아닐까 하는 생각도 든다. 이런 기회를 주신 협성문화재단에 감사의 마음을 전한다. 더불어 내 삶의 여정을 함께해 준 가족들, 친구, 동료, 선생님, 모든 이들에게도 감사한 마음을 전한다. 살아갈 수 있도록 힘을 주시어 고맙습니다.

2023. 12. 21

기억을 복원하는 여정을 마무리하며

협성문화재단
NEW BOOK
프로젝트 총서

나의 페르소나 별이

ⓒ 옥순주, 2024

초판 1쇄 발행 2024년 01월 25일

지은이 옥순주
발행처 (재)협성문화재단
      부산광역시 동구 충장대로160
      협성마리나G7 B동 1층 북두칠성도서관
      T. 051) 503-0341   F. 051) 503-0342
제작처 부크럼 출판사
      T. 070) 5138-9971   E. editor@bookrum.co.kr

ISBN 979-11-6214-472-5 (03800)